石原慎太郎とは？

戦士か、文士か

――創られたイメージを超えて

森　元孝

東信堂

はじめに

石原慎太郎、この人ほど、毀誉褒貶《きよほうへん》に満ちた日本人はいない。二〇世紀後半から現在まで優に半世紀を超え、新聞、雑誌、テレビで描き出され続けてきた。それらを介して私たちの前に現れるこの人とは違うこの人を描き出したい。それが本書のテーマである。というのも、この人は、いろいろな媒体をつうじて描かれる以上に、気の遠くなるほど、自らたくさん描き続けてきたからである。

この人についての研究成果と言えばそうなるが、二〇一五年四月末、ようやく一冊の本にまとめて世に問うた。『石原慎太郎の社会現象学——亀裂の弁証法』（東信堂）という学術書である。社会学を私は生業にしているが、いろいろ理由が考えられよう、日本の同業者からこれへの応答はごくわずかであった。

そして、そもそもは世に問うよりは、石原氏自身に問い、どう応えるだろうかに期待していたところもある。もちろん無視、あるいは気づかれぬままというのも覚悟した。絶海の孤島から投げ込んだ空き瓶通信のようなものであった。

石原が半世紀を超えて描き続けてきた、その作品群は広範かつ膨大である。そこには『刃鋼』

や『化石の森』、あるいは『火の島』のような大作もある。それらを読み通しながらわかったことは、この人のもの凄い好奇心である。そう理解したこともあり、拙著にも何かリアクションがあるかもしれぬとささやかな期待をした。

かすかな僥倖は通じ、東京、六本木の星条旗通り、米軍赤坂プレスセンター、別名麻布米軍ヘリ基地に接した通りにある高級仏蘭西料理店でお話をすることになった。「一度御拝眉を賜り」と丁寧なお手紙をいただき、緊張して伺った。

返還運動、災害時の共同使用などで、しばしば論点となる麻布米軍ヘリ基地。ここは、かつて二・二六事件に数百人規模で参加した麻布第三連隊駐屯地のはず。そういうことでは、ここがその地かと眺めながら、ちょうど五分前に店に入った。あろうことか、石原さんが先に来られて、私が迎えられることになった。そして拙著について礼の言葉までいただくことになった。

もちろん、お会いすることができるのだからということで、直接ご本人に聞いて確かめたいことをメモして行った。是非に聞いておきたいと思っていたことについて、いろいろお話する中で尋ねることができた。次の三問だった。

一、『亀裂』『行為と死』などに出てくる、「江田島に行くつもりだったが、戦争が終わってしまった」というのは、ご自身の気持ちそのままですか？

二、『刃鋼』の主人公卓治という人間像、時代は大きく変わりましたが、私の印象では、今生きている、ある実在の人をイメージして、その人の生き方と重ねてみたくなります。そう見てよいでしょうか？

三、田中角栄について、青嵐会結成、金権政治批判の頃の描き方と、『国家なる幻影』などでの描き方を比べてみていくと、見る目が微妙に変わっていったように感じますが、そう理解してよいでしょうか？

繰り返すが、石原が描いたものは、絵画、詩、小説、評論、映像、戯曲、音楽など多岐多様で、その数は膨大である。

以下、6章までは、石原慎太郎について、これらの問いを思いつき、聞いてみるに至るまでの知識の整理である。描かれた石原と、描く石原、どちらも数多でありすぎ、それらを無理矢理圧縮してみたら、こうなるだろうという私の仮説である。

7章は、お会いしたときのお話がきっかけになって生まれたとされる小説『天才』で採られた「一人称」の小説ということである。私は、諸作品を読み通していく途上、『刃鋼』、『生還』、『肉体の天使』、『再生』など、一人称のスタイルに、なるほどと感心していた。

最後の8章は、『天才』を読み、今一度、石原の思想を掘り返し、私に見える日本とは違うということをまとめた小論である。最後に、結論として、先に掲げた三つの問いに対して、いただいた答えをまとめてみた。

さて、本書は、私が捉えた石原慎太郎ということでしかない。実は、本書執筆途中、青土社が『ユリイカ』(二〇一六年五月号)において石原慎太郎特集を組んだ。著名な多くの論者たちがこの人とその作品について論じている。二〇世紀後半から現在まで、毀誉褒貶に満ちたこの不思議な人について、そしてその広い範囲にわたる膨大な作品について、さらに深い議論をしていくための重要な出発点となる特集である。およばずながら、これに加えていただき、石原氏と直接対談する機会も得て、それも収められている。政治家石原慎太郎と違うこの人を知ることができるとしたら大変意味のあることだと思う。

株式会社東信堂下田勝司社長には、前回の専門すぎる学術書ではない本を書いてくださいという注文をいただいたが、生業が学者であるので、それを果たせたとは思えないが、いつもながら、大きなチャンスを与え続けてくださっていることに、心より感謝せねばならない。

二〇一六年六月　逗子

著者

目次

はじめに　石原慎太郎とは？——戦士か、文士か——創られたイメージを超えて……i

第一章　描《か》かれる時、描《か》く時　3

1. 特性のありすぎる男……3
2. 「敢えて」描かれる……5
3. 「保守派」というが……9
4. 海ゆかば……15
5. 尖閣諸島へ……17
6. 強力な軍事国家に……21
7. 「暴走老人」……25

第二章　生き方さがし　29
1. 生きていくために　29
・小説『亀裂』　30
2. 不可知への好奇心　37
・フィールドワーク『巷の神々』　38
3. マルチプルリアリティ　43
第三章　青春のピュリティ　47
1. 『太陽の季節』は難しい　47
・処女作「灰色の教室」から　48
・恋愛ゲーム論　50
2. 恋愛への恋慕　60
第四章　日本よ！　63

1. 江田島への思い……63
・小説『挑戦』 66
・小説『日本零年』 75
2. ナショナリズムと科学技術信仰……80

第五章 嫌悪という情念 85

1. 失われ行く家郷……85
・小説『嫌悪の狙撃者』 86
・小説『化石の森』 91
2. 経済発展と文化遅滞……96

第六章 生きる感覚 101

1. 行為のジャイロ……101
・星と舵 106
・天使の羽音 108

2. 老けぬ青年主義……116
・小説『火の島』 117
・小説『再生』 119
・石原文学における「愛」の到達点 128

第七章 人を描くその時の時 130

1. 人称の選択……130
・小説「公人」と「ある行為者の回想」 131
・小説「光より速きわれら」 136
・小説『刃鋼』と映画「狼の王子」 141

2. 田中角栄を描く時……148
・「君、国売り給うことなかれ」 149
・「角さん」 152

第八章 空虚な芯「日本」 156

1. 「芯にある空虚」……156
・飢餓感からの転換はしたか？ 160
2. 国民国家論は、まだ可能か？……164
・憲法は芯か？ 167

第九章 結論 174

文献……179

石原慎太郎とは？

戦士か、文士か――創られたイメージを超えて

第一章　描《か》かれる時、描《か》く時

1. 特性のありすぎる男

一九九九年四月東京都知事選挙、石原は一六六万四千票余りを得て知事に就任する。以後、二〇一二年一二月国政に復帰するため自ら辞職するまで、一四年近くにわたって東京都知事であり続けた。その永い在任期間もあって、石原慎太郎イコール東京都知事という印象しかない若い人たちもいる。

しかしながら、私が知るかぎり、この人の生は、マルチプルリアリティそのものである。ローベルト・ムジルは『特性のない男』という現象を主題にしたが、私には、石原は「特性のありすぎる男」に見える。

職業従事を探ると、都知事一三年半よりも、国会議員通算二八年半よりも、そしてこれらを合わせて政治家であった期間四二年よりも、作家六一年を経過中であり、こちらの方が圧倒的に長い。都知事をしながら、国会議員をしながら、書き続けてきたというよりも、書き続けながら、国会議員をし、都知事をして、また国会議員をしたということを、実は多くの日本人が知らないだけでもある。

そして絵も描き、詩も書くし、映画については原作、脚本のみならず監督もしてきた。詩についていえば、ペギー葉山「夏の終わり」（一九九一年）は、石原の作詞作曲であり、二人のデュエットで聴くこともできる。さらに五木ひろしの新曲「思い出の川」（二〇一六年四月）の作詞も石原の作である。

こういうマルチプルライフの一端を知ると、この人について、ひと言でまとめてみることはたいへん難しい。それゆえに、それぞれの媒体《メディア》は、この男を、ひと言でまとめてみようとするのであろう。

二〇世紀後半から現在に至るまで、最も存在感のあった日本人として、この人を超える人を挙げるのは難しい。とりわけ政治にも関わってきたことを思えば、この人を好きか嫌いかではなく、この人の諸々の社会的アクションについて、詳細に解明しながら時々の意味を理解し、その根本に遡って説明しておくことは日本の社会学に不可欠なことのはずである。

敢えて断っておくが、この人を顕彰したいわけでも、また非難をしたいわけでもない。社会学にいう価値中立性に従っている。

2.「敢えて」描かれる

東京都知事に就任した翌年。こんなことがあった。二〇〇〇年九月三日だが、平成一二年度東京都総合防災訓練「ビッグレスキュー東京二〇〇〇」と称した「防災訓練」である。関東大震災を忘れぬように、防災理念の普及、功労者表彰とともに、防災訓練が実施されてきたが、この時、東京都は、新宿の都庁を本部に、銀座、白鬚西、葛西、木場、舎人、駒沢、立川、晴海、篠崎などにわたって大規模な実動訓練を実施した。参加二万五千人、自衛隊員七千人が参加、それまでにない大規模な訓練となった。

翌四日の『朝日新聞』朝刊は「銀座上空に対戦車ヘリ　東京都の防災訓練に自衛隊七一〇〇人」と見出しを付け、銀座通りを走行する装甲車の写真を載せて報じている。

五日の同新聞朝刊社説は「一番改善すべきは何?」と題し、災害に対し、消防、警察のみならず自衛隊の協力は必要であると認めながらも、「対戦車ヘリまで動員しなければならなかったのだろうか」と問い、さらに次のように書いた。

そんな中で、違和感があったのは、石原慎太郎都知事のはしゃぎぶりだった。気分が高揚したからだろうか、訓練の講評で、あえて〈三軍〉と呼ぶ自衛隊の隊員らを前に、「想定されるかもしれない外国からの侵犯に対しても、まず自らの力で自分を守るという気概を持たなければ、だれも本気で手を貸してくれない」と述べた。

防災訓練に場違いなだけでなく、都知事という立場も忘れたかのような発言に、防衛庁でも「石原さんは自衛隊の長じゃないだろう」といった声が聞かれた。

（『朝日新聞』二〇〇〇年九月五日社説　圏点筆者）

銀座通りを走行する装甲車、上空を旋回する対戦車ヘリ、これらが必要だったかと問う人は少なくないだろうし、『朝日新聞』というメディアがあてるコンテクストで結ばれるリアリティはたしかにある。このリアリティのみを大事にする人は、もってのほかだと怒り出しもしようが、光のあて方、あたり方が変わると結ぶリアリティは変わってくる。

「あえて〈三軍〉と呼ぶ」と書いてあるように、「敢えて」やっているということに意味があろう。江藤淳が、石原を「無意識過剰」と評したことを想い出すと、「違和感があった」と描かれるのは、実は褒められているとも理解されよう。

この訓練に参加した陸上自衛隊練馬駐屯地において同じ二〇〇〇年四月九日に行われた第一師団創隊記念行事での都知事石原の挨拶に、その予兆はあった。

石原は、そこにおいて、陸上自衛隊への期待を国民、都民を代表して述べるとして、日本の政治、経済の現状、国家社会に対する意識の弱体化、北朝鮮による拉致、さらにアメリカの対日占領の手法の特異性について述べ、間もなくやってくる九月三日の実動訓練への参加を鼓舞している。

先程、師団長の言葉にありましたが、この九月三日に陸海空の三軍を使ってのこの東京を防衛する、災害を防止する、災害を救急する大演習をやっていただきます。今日の東京をみますと、不法入国した多くの三国人、外国人が非常に凶悪な犯罪を繰り返している。もはや東京の犯罪の形は過去と違ってきた。こういう状況で、すごく大きな災害が起きた時には大きな騒じょう事件すらですね想定される、そういう現状であります。こういうことに対処するためには我々警察の力をもっても限りがある。だからこそ、そういう時に皆さんに出動願って、災害の救急だけではなしに、やはり治安の維持も一つ皆さんの大きな目的として遂行していただきたいということを期待しています。

どうか、この来る九月三日、おそらく敗戦後日本で初めての大きな作業を使っての、市民のための、都民のための、国民のための大きな演習が繰り拡げられますが、そこでやはり、国家の軍隊、国家にとっての軍隊の意義というものを、価値というものを皆さんは何としても中核の第一師団として、国民に都民にしっかりと示していただきたいということを改めてお願いし、期待して、本日の祝辞と皆さんに対するお礼と期待の言葉にさせていただきます。

（『毎日新聞』二〇〇〇年四月一一日朝刊東京版、『産経新聞』二〇〇〇年四月一三日朝刊　圏点筆者）

この挨拶は、「三国人」発言として、国内のみならず海外からも多々の批判と抗議を受けることになった（内海愛子・高橋哲哉・徐京植編『石原都知事「三国人」発言の何が問題なのか』影書房　二〇〇〇年）。国家の「軍隊」、すなわち「自衛隊は、軍隊である」と言明しているが、予定した防災訓練を前に自衛隊員に「敢えて」こう言明する場が出来上がったということを知らねばなるまい。

そして、批判と抗議があったというにもかかわらず、二〇〇三年東京都知事選挙で、石原は、三〇八万七千余を得票し再選される。再選されて間もなく、さる世論調査で「次の首相に最もふさわしい人物」として、石原慎太郎が二七・七パーセントで、当時現職の小泉純一郎二〇・四パーセント、同じく官房長官だった安倍晋三の八・一パーセントを大きく引き離す結果となった（共同通信世論調査　二〇〇三年五月一七、一八日実施）。ちょうどこの頃、私は、ある国際会議で、日本通のドイツの同僚に、「銀座通りを装甲車走る」の話とともに、東京に住む三百万人以上は、石原と同じ考えなのかと問われたことがある。

言明は、発する人に帰する。ゆえに石原へのさまざまな厳しい批判と抗議もあったが、そうでありながら、再選、再選後の世論調査結果を知ると、この人そのものが、そうした社会に帰するということでもある。日本の社会とは、そういうものだということにもなろう。「人」は、この意味で、社会的構成物にほかならない。ゆえに、石原慎太郎の社会現象学ということが問題になる。この人が、どのように社会に現象しているのかという問題である。

3.「保守派」というが……

「銀座通りを装甲車」という書き割りは、ナイーブに激怒するよりは、こんな話が結びつくと私は考えている。石原と三島由紀夫とにあった確執である。

一九九〇年『新潮』一二月号に掲載された「三島由紀夫の日蝕　——その栄光と陶酔の虚構」に、石原はこんな想い出を書いている。

「楯の会」一周年記念の国立劇場の屋上で行われるという式典に私も招かれたが、当然出席しはしなかった。欠席の通知を出した後三島氏と出会い、欠席をなじられたので私が出席の必要を感じないといったら氏がさらにそのいわれを質した。

「楯の会というのは軍隊ですか」

私が聞き直したら、

「民兵だ」

と氏はいった。

「だとしても、劇場の屋根の上でパレードするというのはやっぱり玩具の兵隊だな」

いったら憤然として、

「君にはあすこで式をするいわれがわからないのか」

「なんですかそれは」

「そこからは皇居がみえるからだよ」

氏は胸をそらせていったものだった。

「なら、皇居前広場でやればいい」

「あそこは許可がおりない」

「ならもっと人前の、銀座の大通りでしたらいい。いや、すべきでしょう。しかし、誰かに綺麗な制服に卵をぶつげられるのがいやなんでしょう」

私が笑っていったら、

「君の発想も貧しいもんだ」

と氏はいった。


(『三島由紀夫の日蝕』一一二―三頁)

石原は、三島の私兵「楯の会」を揶揄している。しばしば「保守派」「右翼」などともレッテルを貼ってしまうコンテクストがあてられる彼らだが、二人には相容れない区別して見なければならないところが多くある。

石原が、一九六八年参議院議員となり政治家の道を進むようになって二年後、一九七〇年六月一一日、三島は『毎日新聞』に公開質問状を掲げた。「士道について」という文章である。

私はごく最近、『諸君』七月号で、貴兄と高坂正尭氏の対談「自民党ははたして政党なのか」を読みました。そして、はたと、これは士道にもとるのではないかという印象が私を搏(う)ちました。私は何も自民党の一員ではありませんし、この政党には根本的疑問を抱いています。しかし社会党だろうと、民社党だろうと、士道という点では同じだというのが私の考えです。

（『毎日新聞』一九七〇年六月一一日夕刊）

三島は、当時「楯の会」という私兵とも思える組織を編成。左翼革命勢力から日本を守るという趣旨で作り上げた組織だとしていた。石原が文壇で地歩を確かにしていく際に、三島の援護は少なくないものがあっただろうが、その先輩からの苦言である。

私は貴兄のみでなく、世間全般に漂う風潮、内部批判ということをあたかも手柄のようにのびやかにやる風潮に怒っているのです。貴兄の言葉にも苦渋がなさすぎます。男子の言としては軽すぎます。

昔の武士は、藩に不平があれば諫死しました。さもなければ黙って耐えました。何ものかに属する、とはそういうことです。

（前掲記事）

三島のこうした古風潔癖な士道論に対し、石原は同紙に「政治と美について」として、次のように返した。

政党に籍を置くということは、武士が藩を選ぶのとは顕らかに、全く、違います。現代の政党は、中世封建期の藩という独立したエスタブリッシュメントとはおよそ異なるものであって、それは個個の政治家にとって、その政治を全うするための方便手段でしかありません。私が党につかえているのではなく、自民党が私に属しているのです。それ故に、政党は時代や情況に応じて、分裂もし合併もし、人間の入れ換わりが有り得ます。藩には、中央絶対権力のとり潰しでもない限り、そうしたメタモルフォルゼは有り得なかった。

（『毎日新聞』一九七〇年六月一六日夕刊）

政党というのは、これをつうじて政治に人がかかわる機能集団でしかなく、それにかかわる人が変わっていくことにより、その機能集団自体も、その性質や形態を変化させるシステムにほかならないというのである。言い換えれば、私を滅し公に奉ずる藩と藩士の関係とはまったく違うのだと返したのである。

だから、「私が党批判をする限り、私は、私の政治に対する自民党の効用は見限ってはいません」（前掲同紙）、批判可能であることにより、政治への媒介項である政党が変容していくことがあり、自由民主党が政権党であるゆえに、その変容が直接に政治に影響すると期待したのであろう。それゆえの入党だった。

三島の「士道について」に対して、石原が、三島の私兵を「政治的ファルスのマヌカン」（前掲記事）と呼び、さらに「劇場の屋根の上でパレードするというのはやっぱり玩具の兵隊だな」と揶揄する辛辣さと、二人にある確執は知らなければなるまい。水戸学に遡及する保守主義か、近代的な保守主義かの区別は絶対に知る必要がある。「保守派」「右翼」などとレッテルは簡単だが、その因果はさかのぼって説明せねばなるまい。

石原と三島には、こんなやりとりもある（「守るべきものの価値　―われわれは何を選択するか」『月刊ペン』一九六九年一一月号）。ともに、「日本」という形象の原理について明瞭に語ろうとした。

守るべき価値ということを考えるときには、全部消去法で考えてしまうんだ。つまりこれを守ることが本質的であるか、じゃここまで守るか、ここまで守るかと、自分で外堀から内堀へだんだん埋めていって考えるんだよ。そしてぼくは民主主義は最終的に放棄しよう、と。あ、よろしい、よろしい、言論の自由は最終的に放棄しよう、よろしい、よろしいと言ってしまいそうなんだ、おれは。最後に守るものは何だろうというと、三種の神器しかなくなっちゃうんだ。

(『三島由紀夫の日蝕』一七五頁)

一九六〇年代後半、全共闘世代の学生運動が日本を変化させていったことに三島が憂いを抱きこう言うのに対し、石原はこう応答する。

天皇だって、三種の神器だって、他与的なもので、日本の伝統をつくった精神的なものを含めての風土というものは、台風が非常に発生しやすくて、太平洋のなかで日本列島だけが非常に男性的な気象を持っていて、こんなふうに山があり、河があるということじゃないですか。ぼくはそれしかないと思うな。そこに人間がいるということだ。

(『三島由紀夫の日蝕』一七五頁)

日本について石原の原初的イメージは、こういうことでありシンプルで中性的でさえある。しかしながら、人間は、人と国家について、言葉を用いて思い語り、つなげて観念を想像していきもする。さらにはそれに制度や組織として形さえ与える。

4. 海ゆかば

一九九三年のことであるが、田中派をその源流に竹下登が作った経世会が分裂し、そのひとつが自由民主党から離脱し新党「新生党」を結成する。ベルリンの壁が崩壊して三年、ソビエト連邦が崩壊して二年、二〇世紀終わり近く世界の重大な転機であった。しかしながら日本の政治はそれに対応し行動していくリソースをすでに枯渇させつつあった。「二十一世紀への橋――新しい政治の針路　二十一世紀委員会からの報告（自由民主党の新政策大綱試案）」（一九九四年）は、石原自身が作成に深く関わったと考えられる文書であるが、それが出されて、それほど時を経ずして、多くの世人には唐突に見える形で、この人は議員を辞職する。

イデオロギーの生んだ冷戦構造が崩壊した今、政治の対立軸の喪失によって私たちは新しい混乱の中にあります。新しい文明の造詣のために、多くの可能性に満ちているはずのこの日本の将来を毀損しかねぬような問題がいくつも露呈しているのに、現今の政治はそれにほとんど手をつけられぬままに、すべての政党、ほとんどの政治家は、今はただいかに自らの身を保つかという、もっとも利己的でいやしい、保身の目的のためにしか働いていません。

（『国家なる幻影』下巻四二二頁）

一九九五年石原が、国会議員永年勤続表彰の答礼と議員辞職に際して口にしている言葉である。日本の政治は、どうにも制御、刷新することさえできないという結論であろう。かつて批判可能であり、それが政党を変化させ、それが国を変えるとして、政党という機能集団の存在意義を三島に向けたのは、遠い昔の想いとなってしまった。

そして、石原は自らの政治への反回想として、『国家なる幻影』を書き上げる。四半世紀の国会議員の回想をまとめたものだが、まなざしは過去へというよりも、その後、東京都知事を一三年半にわたって行うことを知るなら、未来に向いていたとも読めるが、次のように結んでいる。

〈政治〉とは政治家という兵士の屍を累々と築きながら、さらに後から来る者にそれを踏み越えさせて成就に近づいていくものに違いない。しかし当の政治家たちが敢えて自らの屍を晒すつもりがないというなら、政治はとても政治たり得まい。

（『国家なる幻影』下巻四二四頁）

これは、大伴家持の長歌に由来し、敗戦まで準国歌ともされてきた「海ゆかば」の歌詞を思い起こさせる。三島は、武士と藩ということを掲げて、石原をなじったが、石原のここでの表現からうかがえることは、政治家は兵士だということであり、その幻影としての国家があるということなのだろうか。

5. 尖閣諸島へ

二〇一〇年九月中国漁船が、海上保安庁巡視船に故意に追突してくる事件があった。その映像記録を当時の政府は世論に対し非公開としようとしたが、ある海上保安庁職員によってインターネット上に公開されることになる。

映像流出について一一月、石原は「結構ですね。これは内部告発。みんな知りたいことなんだから。相手の実態を知るためにはそういう映像が一番確か。それに注釈を加えることをみんなが（映像を）見て判断すればいい」（『産経新聞』インターネット記事、二〇一〇年一一月五日一二時二九分掲載）と語った。

まさしく「敢えて」石原らしく語ったということだ。この発言についてどう思うか聞いてみた（文献・調査データ）。石原のこうした発言について「大いに理解できる」「ある程度、理解できる」という肯定的回答を合わせると、性別、年代を問わず七割を超える（巻末文献表1）。

映像漏洩とされ、当該海上保安官は公務員の守秘義務違反で懲戒免職となる。石原は、この保安官に対して次のように述べる。

あなた（映像を流出させた元海上保安官）の愛国的な行動に、国民を代表して心からの敬意と感謝を申し上げます。愛国者を告訴したり、起訴したり、告発することができるわけない。私は国民の声なき声が政府をある意味で動かしたと思いますけど、それにしても、あなたが退職する残念な結果になったことは極めて遺憾であります。

（『朝日新聞』二〇一一年二月一五日朝刊）

「愛国者」とあり、そして石原は「国民を代表して」と自らを述べている。これに違和感、嫌悪感を抱く人も少なくないだろうが、石原らしい「敢えて」の表現のはずである。自らが国を体現しようということなのだろう。

さて、尖閣諸島について、日本政府は日本の固有の領土だとする。これについて同じように問うてみると表2（巻末文献）のようになる。年齢階級が高いほど男女問わず、固有の領土だとする日本政府が主張する意見傾向が強まるが、年齢階級が低くなるとその程度が弱まる。とりわけ二〇代女性の場合「どちらとも言えない」が三割を超える。だからといって、二〇代女性には愛国者が少ないといいたいのではない。むしろ「固有の領土」という、そもそもの日本政府見解の論拠も問わねばならないかもしれない。石原も政府のそれと一致しているのだろうか。私は、石原の場合、実はもっと感覚的なのではないだろうかと思っている。

尖閣諸島、そこは、石原には、この人の大きな小説『亡国』のエピソードにも使用したロケーションであるし、何よりもヨットマンとして、そして「青嵐」の会の組織者としても、そこは爆弾低気圧が発生する海域であることと結びついているように思う。大部分の日本人、そして多くの政治家、外交官は国際法的、地政学的、社会学的な概念でしか捉えることができないが、石原には、自らの感覚器をつうじて、また自らの運動感覚が捉える空間であり、日本の一部だと直感できるということなのだろう。そういう点で「固有」だという可能性はある。国を体感できるからである。しかし多くの日本人にはわからないと私は思う。

こうしたある種のじれったさが原因となったか、石原は、二〇一二年四月アメリカ保守派のヘリテージ財団に招聘されワシントンで講演。その際、東京都が尖閣諸島を購入すると発言、寄付金を募ると打ち出した。その行動力は、目を見張るものがあり、九月には一四億七千万円にも達し、都は同諸島へ最初の調査船まで派遣した。

当然だが、中国との外交関係悪化は不可避。深刻化を回避できると考えたのか、当時の民主党政府は、地権者から、都よりも高い費用で買い取ることに成功し「国有化」する。当初の予定では、一〇月の現地調査に石原自身も同行するつもりだった。広瀬中佐ばりのそのヒロイズムは、残念なことにうまくいかなかった。後述するが、これは私には小説『挑戦』の主人公伊崎のようにも見えてしまう。もっとタフな姿であろうが。

ただし、気になるのは、この事件での石原の位置である。もちろん尖閣諸島購入を発言し寄付金を募る石原はいる。これはまさしく日本政府にも、中国政府にも、そして報道するたくさんのマスメディアにとっても、さらに国民にとっても驚きであった。そういう世界を、石原は描いていたであろう。

しかしながら、銀座通りを装甲車が走るのと大いに違うのは、アメリカで講演する舞台が、どのように設定されたかということである。

6．強力な軍事国家に

二〇一三年四月、『朝日新聞』が掲載した「橋下君を首相にしたい　軍事国家になるべきだ　石原慎太郎氏インタビュー」に、石原のこんな言明がある。

日本は周辺諸国に領土を奪われ、国民を奪われ、核兵器で恫喝（どうかつ）されている。こんな国は日本だけだが、国民にそういう感覚がない。日本は強力な軍事国家、技術国家になるべきだ。国家の発言力をバックアップするのは軍事力であり経済力だ。経済を蘇生させるには防衛産業は一番いい。核武装を議論することもこれからの選択肢だ。

（『朝日新聞』二〇一三年四月五日朝刊）

私は、これも「敢えて」の言説だと読んだ。核武装の必要性はこの人の持論であるが、「軍事国家」という言葉には私もスパルタを思い浮かべ苦笑した。翌日の同新聞で、日本維新の会の橋下徹共同代表は、誤解され揚げ足を取られないようにと、「軍事力も、そういう技術も持たない、技術供与もしないという安全保障観では国は成立しない」、「日本の技術を防衛力に生かしたらいい。いわゆる軍国主義とは全く違う」（『朝日新聞』二〇一三年四月六日朝刊）とフォローした。

もちろん、ストレートな反論も出てこよう。数日後の同新聞の「声」の欄には、「五日の〈石原慎太郎氏インタビュー〉を読み、戦慄《せんりつ》を覚えた」と投稿記事が載っている。

いわく「国際的に地位を確保するためにも憲法を改正しなければならない」「日本は強力な軍事国家、技術国家になるべきだ。国家の発言力をバックアップするのは軍事力であり経済力だ。経済を蘇生させるには防衛産業は一番いい。核武装を議論することもこれからの選択肢」まさに日本国憲法を基礎とする戦後体制の全否定である。これまで過激な保守政治家も大勢いたが、ここまでむき出しの本音を語った人物は、石原氏以外に記憶にない。氏は自らを「特殊兵器」と称し、「自民党がそれを使い切れなかった」とも述べている。むしろこれほど過激な石原氏を使い切らなかった自民党の良識を私は高く評価したい。

（『朝日新聞』二〇一三年四月一〇日朝刊）

こうしたリアクションは予想済みであったろう。四月一八日の同紙「天声人語」では、「〈暴走老人〉は政治家か」として、その中に自民党副総裁の言辞を引いている。

自民党の高村正彦副総裁は「私は石原さんを政治家とは思っていない」と語っている。政治家なら、あんな乱暴な憲法論は言わない、彼は芸術家なのだ、という趣旨だろう。なるほどと納得するが、困ったことでもある。

（『朝日新聞』二〇一三年四月一八日朝刊）

一九九五年自由民主党を離れ、国会議員を離れて一八年近く、その間、一四年余東京都知事を勤めたが、政治家ではなかったというのが、この弁護士副総裁の判断だが、そうともいえるかもしれない。

しかしながら、新聞のインタビューとして掲げられる言説が、事実を再現する命題なのかどうかは実はよくわからない。インタビューされればされるほど、「演じる―演じさせる」という状況が創造されていくのは普通なことであろう。言語行為論にいう「発話内的行為」「発話媒介行為」というのをよく確認することができる。

そして、「芸術家」だとするなら、いったいどんな芸術家なのだろうか。詩人か、舞台演出家か、映画監督か、画家か、音楽家か、それ以外か、これを知らねば、実は本当のことはわかるまい。二〇世紀の後半から、この二一世紀すでに二〇年近く、日本の政治、社会、文化に石原慎太郎は、この人を好きか嫌いかとはまったく別に、その存在感を残しつづけてきたと私は思っている。これをどう理解すべきかである。嫌悪により忌避し「無視」することは、おそらく簡単な選択である。しかしながら、半世紀以上にわたって居続けたことを、どう理解し説明するかということである。

新進気鋭の小説家として文壇に登場したとき、石原は、亀井勝一郎の文章に反論したことがある。「文学者の在り方の変化」と題するエッセイで、亀井は、現代小説への疑問として、次のように書いた。

「日本の文学者の在り方については、(中略)それは大宮人(中略)、僧侶、半僧半俗、隠者、無頼漢といった型態である。(中略)つまり「世捨人」「浮浪者」「社会外の存在」「余計者」意識などというかたちでつづいたわけで、たとえば私小説家の多くはこのタイプにぞくし、そこに誇りを抱き、また世俗への一種の反抗的ポーズを宿していたといってもよかろう。

(亀井勝一郎「文学者の在り方の変化」『価値紊乱者の光栄』九一―二頁)

亀井は、このように書いた。これに対して石原は、「作品を生むに必要な閑暇のなさ、確かにそれは今日いかなる芸術家にとっても、一応はいわれ得る悩みだろうが、私の場合にはその暇をつくるために、逆に小説以外のいろいろなことをやっているつもりだ。一人の芸術家の中でのジャンルの混交は、私の場合互にリクエートし合って、双方の仕事に新しいエネルギーを供給してくれる」（「俗物性との闘い」『価値紊乱者の光栄』九六頁）と返した。

この言説を知ると、なるほど参議院議員も衆議院議員も、自民党員であったことも、そして東京都知事であったことも、そして日本維新の会の代表として国政に復帰したことも、小説以外のいろいろなことをやっているのであり、その混交が新しいエネルギーを供給し続けてきたということになる。そうだとしたら、そういう生き方はなんと素晴らしいマルチプルリアリズムの実践だと、私は思ってしまうが、違うだろうか。

7.「暴走老人」

二〇一二年一〇月、新党結成、国政復帰のため東京都知事四期目を途中辞任した石原について、当時文部科学大臣であった田中真紀子は、東京都知事を投げ出すこと、かつて二五年国会議員を勤め大臣経験もある人が、何でその時にやってこなかったのだろうと批判しつつ、「暴走老人」と揶揄した（『産経新聞』二〇一二年一〇月二七日朝刊）。

面白いのは、これに対して数日後、『産経新聞』（一〇月二九日ウェブ）は、「田中真紀子文科相の〈無神経〉発言」と題し、こんな論評を加えた。

〈かっこ悪い暴走老人〉と田中真紀子文科相が、東京都知事を辞職して新党結成に動き出した石原慎太郎氏を評して言った。いかにも大衆受けしそうな表現をパッと口にする鋭い感覚は田中氏ならではだ。しかし、小泉元首相のことをかつて「煮干しの出がらしみたいな顔」と言ったのには、うまいと笑えても、今回は笑えない。

〈任期途中の知事職を投げ出しての国政復帰はわがまま〉〈言うことは立派だが、具体的な政策がさっぱり見えない〉などと石原氏の行動には批判も多い。しかし、日本人男性の平均寿命七九・四四歳を超えた八〇歳にして国を憂い、〈最後のご奉公〉と立ち上がった人に対し〈暴走老人〉は言い過ぎではないか。

（『産経新聞』二〇一二年一〇月二九日）

しかしながら、石原自身は、翌三〇日「〈たちあがれ日本〉拡大支部長会議」での挨拶で「暴走老人の石原です」と切り出している。「田中真紀子はいいことを言ったな。〈暴走老人〉って」（『ユリイカ』二〇一六年五月号六二頁）と、むしろケロリとしている。鋭い感覚が、ぱっと言葉になる、その言い得て妙を理解しているということだろうか。平均寿命、国を憂い「最後の奉公」という脈絡とはまったく違う世界へと、言葉の世界を超えて跳躍していくことができるところが面白い。

こんなこともあった、ＢＳフジ『プライムニュース』（二〇一六年四月七日）にて、「保育園落ちた日本死ね」というネットへの匿名書き込みと、その後、国会前での抗議集会、そして二万人を超える署名。与野党とも動じることになり、政府の緊急対策という一連の出来事の最中、石原は、堺屋太一と渡部昇一とともにゲスト。キャスターの向けた問いへの議論の中で、この書き込みと同水準で「こういうことというんだったら、韓国へでも中国でも行ったらいいんだ」と発言し、堺屋は「イスラム国へ」とも発言して、この部分だけがネットを騒がした。

しかし、映像をよく見ていると、石原の発言は二つから成っている。ひとつは東京都知事時代に東京都が行った規制緩和と、それでもまだ強く残る中央省庁の古い規制の実態についての批判、そして今ひとつは作家石原のそれであった。「我々物書きからすると、言葉のすごさだと思いますね。ある意味で、キャッチフレーズという言葉があるけれども、名キャッチフレーズだね、これは」と、「日本死ね」という姿勢は評価しないが、この言葉自体は評価している。

人は、演じるものであり、それで顔が見える。たくさんのいろいろな、そしてそれぞれに縁取りされたサブ・ユニバースを持っているということが魅力となり、怖ろしさともなる。石原は、作家であり、政治家であり、これが混在して現れ出るのであるが、多くの日本人は、面白いことに、政治家、保守政治家、右翼……というコンテクストだけにつなげていく。

そのサブ・ユニバースで演じているかぎり、その演技は正真正銘で本当であらなければならないであろう。そう演じることにおいて誠実でなければなるまい。『朝日新聞』という媒体を介しては「強力な軍事国家となるべき」は、正しい演技だろうし、『産経新聞』において石原のコラムが「日本よ」と題されるのも正しい演技であったろう。これは、映画『太陽の季節』においてサッカー選手を演じる石原慎太郎や、映画『青木ヶ原』で主人公のゴルフ仲間を演じる石原慎太郎の場合と、理論的には同じ質のものだと私は思っている。書かれ描かれる時の石原、そして書き描く時の石原、ともにひとつの石原だろうが、現れ出る世界はマルチプルリアリティである。

こういう生き方は、働き方、人生設計について、今なお引き摺り続ける二〇世紀型日本人に実はたくさんのことを教えてくれるものだと私は考えているが、どうしてこの人の場合に、ある単一のコンテクスト「日本よ」が見えすぎるのか、それへの批判よりも前に、その事情をたどってみる必要があると私は思った。

第二章　生き方さがし

1. 生きていくために

石原慎太郎といえば、一九五五年の小説『太陽の季節』ということになろう。文學界新人賞、そして芥川賞受賞ということで、まず口にされることであり、おそらく最もよく知られ最もよく読まれているはずである。

しかしながら、この小説は難しい。これは次の章で扱いたい。これの前に、知らなければならないのは、剛直、強面のイメージある石原にして、若い頃、生きていくにはどうしたらよいかと、生き方さがしを大いにしていたことである。小説『亀裂』は、一九五六(昭和三一)年一一月から翌一九五七(昭和三二)年九月にわたって『文學界』に連載されたのだが、この雑誌『文學界』をつうじて、三島由紀夫は連載途中から内容を批評、展開の代案提示もして、概ね石原の文壇デビューを積極的に応援した。

そこに見えるのは、これから生き方を探し出し進んでいく青年石原である。その舞台は、銀座のナイトクラブを中心に、新宿、中央線沿線、神田の如水会館、そして石原が学んだ国立の一橋大学とその周辺であろう。

実にたくさんの人たち、世代を超え、さまざまな職業にわたる人たちとの関わりから、生きる道をさがしだそうとしている若い大学生の物語である。時間的には短い間の話であるが、作品自体は大きく、たくさん人が登場し、筋も入り組んで複雑である。そしてこの複雑、錯綜した人間模様が、若い人の生き方さがしには格別に重要だということでもある。

・小説『亀裂』

石原の自画像だという都築明《めい》が主人公。父親は病院長であったが亡くなり、母と叔父が病院を継いでいる。明は、大学院生で、すでに小説家、その作品が映画になる実力も持っていた。大学の風景は石原の出身校一橋大学である。当時も今もたいへん羨ましい環境で学んだ若者といえるかもしれない。

そうした状況を、さらに豊かなものにするよう冒険と行動をしていった話。自身まだ若く、そして日本社会が高度経済成長期に入る直前頃の体験がもとになっている。敗戦の傷がふさがりつつあった一九五〇年代前半で、現在とはまったく異なり、登場人物たちの人生経路は複雑であり色々な可能性を含んでいた。

江田島にある旧海軍兵学校（現海上自衛隊幹部候補生学校・第一術科学校）

話は、銀座のさるナイトクラブから始まり、フィフティと呼ばれるマスターの店で、明とそこに集まる人たちの出会いから、人とは何か、人と人とのつながりとは何かが主題となっている。

フィフティは、高野という姓が出て来るが、終始この呼び名で描かれている。かつて酔っぱらった何人もの米兵たちを投げ飛ばしたことがあるという。立川、調布など東京都内にも駐留米軍の施設が多数あった。そうした進駐軍の匂いがする。フィフティは、戦争中戦地にいた。丁寧で慇懃だが、そのクールさにはそうした経験をひきずった怖さがある。

主人公である明には、「江田島の予科兵に入ろうと思っていたが、一年前に負けちまったんだ」という思いがある。これは石原自身の思いであろう。兵学校を夢見たが敗戦に終わり、青春の目標は失われてしまったということである。

スマッシュこと浅井という、フィフティよりももっと怖い感じのする男がいる。彼はフィフティと華北の前線にいた。戦後、共産軍の捕虜となり坑道内の重労働に処されて復員。出征前、大学で生物学の助手をしていた。二人は復員後出会いフィフティ自身も寄食していた利権政治家高倉に紹介される。想像を絶する抑留体験で人が変わり果て、機械のようになった彼を、高倉は、表向きは深夜バーの店主、実はお抱えの殺し屋として寄食させていた。

話は、フィフティの店、利権政治家高倉の娘とは知らず、明は知り合いホテルで情事となるところから始まる。行きずりの情事から、すぐさま再びフィフティの店に戻り、明はやって来ていた女優泉井涼子と知り合う。彼女とも情事となる。

涼子は母親も芸人だったが、病気で死ぬ。涼子は十代で結婚したことがあったが、その相手も死ぬ。そしてその男の浮気をも知る。それ以降、彼女は、愛を信じることができなくなり、いつもまわりに男をはべらせた生活をしていた。プロレスラーもおり、神島というボクサーもそのひとりだった。

明は、よく遊びよく大学の勉強もした。ただし、経済学はじめ社会科学への当初の期待はもうなく、その現実性を欠如した衒学主義に疑問を感じ、思惟や観念を信用しなくなっていた。文芸関連の教授のゼミには興味を持ち続け通った。

学部時代の友だち山内は、神経症で喘息持ち、明の父が病院長であったので、その伝で、発作を押さえる麻薬をもらっていた。卒業し就職後、自殺する。辰野は、ゼミの先輩で登山家。遭難死する。彼らの死は、明が生きる意味を考えさせるものであった。

　明の小説が映画化されることになり、明の希望もあり涼子が演じることになる。この関係で、プロデューサー三谷、同じく富樫、そして監督平山が登場。これは石原氏自身が卒業後、映画会社に就職することが決まっていたこととも符合する。

　明自身、思春期に京子という想った女性がいたが、結核で死ぬ。肉体関係のない純粋な恋愛と、彼女の死という経験を今も引き摺っていた。こうした設定は、前述の江田島への思いとともに、石原氏の多くの作品に出てくる想いである。後述するが、例えば『刃鋼』の松井澄子、『てっぺん野郎』の上条英子は、プラトニッククラブの理想の相手である。こうしたイメージの初恋女性が、石原作品にしばしば登場する。

　明は涼子と遭ったその夜に肉体関係を結ぶが、肉体関係があればあるほど彼女との距離を感じもする。この距離感は、京子の死以後、女性とは肉体でしかつながれない、そしてつながらないという思いを問い返すことでもあった。言い換えればそれだけ、涼子は、明に意味ある女性だったということである。

　しかし、涼子は、彼女に繰り返し暴力を振るうにもかかわらず、ボクサー神島と深い関係になっていく。神島の暴力がきっかけで涼子は、大量に喀血し入院する。明は見舞いにいく。

明の弟洋は、大学生でラガー。右翼団体に入り行動主義に傾倒している。明はこれに強い嫌悪を抱く。兄弟互いに相手に否定的で対立し合う。フィフティのクラブに、たまたま洋が連れてきた女が、利権政治家高倉の娘であり、物語最初の明の情事の相手であった。決起行動そのものは物語に出てこないが、洋は、行動を起こすことを明に書き置いていく。

ボクサー神島は、賭けていた試合に、セコンドにフィフティがつくが敗れる。これを観戦していた利権政治家高倉は、神島の利用価値を計算し、仕事人として雇う。神島は、その後、東京を離れ九州で武者修行。明は、友だちの誘いもあり九州へ行き、神島の試合も観戦する。神島が試合に自分を賭けている行為に明は魅了される。

そこのバーで、明は、プロデューサー三谷と偶然遭い、離島での撮影について行く。そこには涼子もおり、試合後神島も訪れていた。そこで明は、涼子と神島との出来上がった愛の関係を感じ取る。

神島の兄は、高倉が土建やくざから利権を拡大して代議士になっていく際の高倉の腹心だった。高倉は、対立相手を抹殺して勢力拡大をしていた。秘密を知りすぎた神島のこの兄をスマッシュこと浅井に殺させていた。

高倉は新たに雇い入れた弟のボクサー神島にこの秘密を教え、いろいろ知りすぎてしまった浅井を彼に殺させる。フィフティの店で、神島は浅井殺害の事実を、フィフティと明に打ち明ける。フィフティは逆上し、高倉を殺害する。

その後涼子は、再び喀血し入院する。明は見舞いに訪れるが、涼子は精神的に大きなダメージを受け意思疎通ができない状態に陥っていた。そのまま、明は、病院のエレベーターで下界に降りていく。


生き方さがしゆえか、石原自身若く、自らの生き方さがしもあって、主人公明のその後はわからない。結論は、ひとり生きて進んでいかねばならないということになろう。ただし、その後、現在に至るまで石原の諸作品、諸活動の根本テーマになっていると思われるものがある。

角川文庫版『亀裂』には、その後書きに、石原自身が、この作品には主題が三つあると書いている。

（一）現代に於ける純粋行為の可能性
（二）現代に於ける人間の繋り合いの可能性、言い換えれば恋愛に於ける肉体主義の可能性
（三）現代における教養の可能性

物語の始まりから情交となる一方で、主人公明の初恋、ヒロイン涼子の結婚生活は、純粋行

為、人のつながりが、いかに可能かという、哲学的問いが立てられている。そして今に至るまで、日本の大学で問われる教育、教養ということである。教授、講義、ゼミ、飲みなど、今もある風景が描かれている。東京都の会計制度に複式簿記を導入し、国の会計制度にもそれを強くいう石原は、そもそもは当時新しく制度化された公認会計士を考えて一橋大学に入学したともいわれる。そして当時、この大学には、中山伊知郎、都留重人ら著名な経済学者が教鞭を執っており、石原自身も受講していたことが、作品から想像できる。そして、社会心理学者南博の影響は、その後の石原の学的な枠組みに、おそらくたいへん強い影響を与えただろうと私は想像する。

石原自身が掲げた三つに加えて、さらに以下のことが影響し続けていくと考えられる。

1. 広島県江田島にある海軍士官学校に行きたかったが、戦争が終わってしまったということ
2. フィフティやスマッシュのような復員者たち
3. 拳闘(ボクシング)
4. 利権政治家

『亀裂』の結論は、明が降りて出て行くところで終わっている。その後、彼がどうしたのか

はわからないが、生きて行こうというベクトルは感じる。自画像であり、その後の石原の多才で多彩な人生がその後の話だということになろう。

生き方さがしは、不可知との遭遇である。冒険は、不可知、未知に挑むことになろう。逆にいうなら、何もかもが見えてしまった中で生きていくとしたら、それはずいぶんつまらない人生となるはずである。時代は、一九五〇年代初め頃だろうから、私も含めて若い日本人にはイメージするのも難しい遠い昔ということになるが、生き方さがしを石原もしていたということはたしかで、そして面白い話であるように思う。

2．不可知への好奇心

「宗教」ということについての、日本人のイメージはしばしば消極的なものである。とりわけ、「新興宗教」などというと、眉を顰めるが普通ともいえる。しかし、たくさんの宗教宗派があり、それらの信者の数はたいへん多いことは知らねばなるまい。問いは、なぜ人は、それにすがるのかということである。

一九六五年から翌年にかけて『産経新聞』に連載され、一九六七年に出版された『巷の神々』は、日本の新興宗教に関する宗教社会学研究として読んでも、金字塔の業績だということができる。膨大な面接を踏まえた、その内容の厚さ広さは研究書だといえる。そしてそれのみならず、作家としての筆力は読み物としての迫力と面白さを与えてくれる。内容は、歴史的記録として、今も生きている。

さらに、執筆した当時の石原の年齢を考えると、その博聞強記には驚く。そのひな形は、ウィリアム・ジェイムズの『宗教的経験の諸相』という有名な本にあるだろうし、次節で触れるがサブ・ユニバース論である。たんなるフィールドワークにとどまらず、プラグマティスト石原の哲学書として読むことができる。

・フィールドワーク『巷の神々』

「巷の神々」の主題は、二つの歴史とひとつの現実に向いており、こんなふうに論証が展開されている。ひとつは、太平洋戦争が終わるまでの国家神道という宗教観であり、今ひとつは、日本が近代化のプロセスでまさに知識として学んできた西洋のキリスト教ということである。これらの歴史は、それぞれひとつの宗教である。

国家神道は、明治以来、国家が制度としてまとめ作り上げた。キリスト教は、その中に内部分派も含みながら、それら以外を異教や邪教として排除し存立してきた世界宗教である。そういう世界とは、西洋である。日本人は、西洋世界を範に明治以来、国家建設をしてきたが、キリスト教そのものを採用することはなかった。すでにあった神道を、天皇制中心化のイデオロギーとして作り上げたのが国家神道である。これが、排除と弾圧の元凶だったことは、大本教の弾圧、創価学会草創期の弾圧から知ることができる。排除と弾圧は、敗戦で国家神道とともに終わる。ただし国家神道が終わるという価値の真空状態が、新興宗教の簇生でもあった。

作られた国家神道に対して、キリスト教は、西洋社会の生活とともに体系化された宗教だが、日本では、キリスト教も、やはり学び知ることでしか信者となりえなかった。日本におけるキリスト者の殉教やキリスト教に聖なる体験、神秘体験などがなかったというのではない。だが、永い歴史をつうじてすでに体系として出来上がったものが、種子島以降、あるいはペリー以降移入され、それを学び知るという構成は、主題とされる新興宗教の簇生現象とは違っている。

戦後のそうした百花繚乱の新興宗教が調査対象とされ、一四の教団を扱っているが、霊友会とこれを起源に分派していった立正佼成会や、その他の霊友会系の諸派と、弁天宗、そして純粋な意味では、まだ日蓮正宗の布教団体ということで、当時は、新興宗教とはいえなかったが、創価学会について、これら三つの宗教活動を主要に描いている。

霊友会についてその教祖であり巫女である久保角太郎と小谷喜美にある独特の純粋さについて、また弁天宗についても、その宗祖である大森智弁のやはり純粋性について、それぞれの人物像をたいへん綺麗に描いてあり、惹き込まれる読み物となっている。

弁天宗の大森智弁の場合も同じだが、霊友会における久保角太郎と小谷喜美についても、時に滑稽にも、そして真摯に綺麗に描いてあり、描かれる純粋性、すなわち彼女らの熱心な行いに、たくさんの信仰者が生まれるのは、きわめて厳しい貧困に喘ぐ民の多い時代、この人たちに直接向き合っていった真摯さに心を打たれる。

絶対的な貧困が、時間についても空間についても思考することさえも消去してしまうものだということがよくわかる。そのもとでは、期待はおろか不安さえも生まれない。彼、彼女ら自身もそうした中に身を置いてきたゆえでもあるが、彼、彼女らが説き、そして信者がそれにより体験として得たものは、今世と前世、そして来世という時間軸を体感できることであり、生きるということの意味を捉え直すことにつながる。生き方さがしへの援助ということでもある。病苦、それゆえの貧困、またその逆に苛まれた民には、今・現在ということさえも実はわからなかったということである。

こうした傾向は、世界真光文明教団や世界救世教についても触れているが、それらとは異質に描かれているのが創価学会である。石原によるこの作品が新聞紙上に連載され、それについて創価学会が批判を向けたことは過去に知られている話題であるが、昭和期の新興宗教を論じるとき、創価学会の特異な位置を知っておく必要がある。

鎌倉期の仏教において他に比べて七〇年遅かったことが、日蓮正宗をはじめ日蓮を源にする多くの宗派に、その後、現代に至るまで独特の教理と布教活動を強いたという。そしてその折伏という方法は、やはり独特であった。

このことについて、当時のマスメディアが否定的に報道したことや社会問題化したことも触れているが、石原は、そのことを必ずしもただ批判的、否定的に描写しているわけではない。むしろそこにある本質的なことを切り出そうともしている。

二代目会長戸田城聖の言葉「信仰が現在の生活と無関係ならそんなものはやることない。得であるから信仰するので、得がないならそんなものはやめたらいい。（中略）宗教は効き目がなきゃいけない。困った人のものが本当の宗教なんだ」（『巷の神々』四五五頁）と引用しているが、この利得が含意している現証される利益は、小谷喜美や大森智弁が求め、そして与えたものとは微妙に違っているように読める。

このことは、「創成期から発展期にかかる頃の創価学会の構成人員は、会員の半ば以上が都市の中小企業に働く人たちであった。また、その分布も、霊友会等の他の多くの大手筋新興宗教と対照的に、地方農村よりも都市に集中している」（『巷の神々』四六二頁）という指摘から理解してみることができるだろう。

折伏という布教活動は、歩兵操典のようにマニュアル化されており、またそれゆえに組織的な活動として展開することができた。この活動により、現証利益、すなわち御利益を現実に証拠として体験するというのである。

折伏教典なるものには「折伏する人は必ず利益を受ける。その利益の中で最も自覚の出来ることは、元気が充満し、生き生きした人生を感じ、強い生命の力が湧き出てくるのである。よく、折伏した人が、うち沈んだ境涯から急に朗らかな自分を見出して驚くことがある」(『巷の神々』三五四頁)のだそうだ。

こういう状況を思い浮かべると、眉をひそめる人もいようが、目標を掲げて集団で一心不乱に活動を貫徹していくことで得られる達成感は、宗教活動以外にもあって、われわれはそれを体験し心地よいものだと感じることがあるのを、スポーツや芸術など他のことで類比的に体験したことがあろう。

この書は『産経新聞』に連載されたものがもとになっているが、出版されたのは一九六七年である。石原自身、その後間もなく、政治家への道を進むことになるが、当時就任して間もない第三代池田大作会長の人物像と、学会の拡大成長過程と政治への進出についても触れている。高度経済成長期後半となり、多くの教団が成長拡大期を終え、意図せざる結果であろうが蓄えられた資産によって、施設建設に流れ、教団自体が物神崇拝化していく傾向がある中、この学会が進もうとしている方向とありうる事態に強い好奇心を向けている。

軍隊の無い現在、この日本の国で最大の構成人員を持つ創価学会と言う大組織が、今尚活力に満ちて発展しつつあると言う事実を、組織と言う点からだけ眺めれば、池田大作と言う人物は日本で最も有能な組織指導者の一人であると言えそうである。

（『巷の神々』三四七頁）

3. マルチプルリアリティ

しかし、石原の自画像である主人公都築明が、この作品の中、大学二年生のとき、輪読会で読んだとするカロッサから引いた一節。「人生にとって幾十億の出来損いが何であろう？　生み直し、生み変えるための時間と天体は十分にあるのだ」（『亀裂』六八頁）など、その哲学的言説には、現代の学生たちも面白く共鳴するものである。『亀裂』をぜひ読みたいと、授業のレビューシートに反応する学生が必ずいる。

幾十億の個体の内果たして満足に整ったものが一つとしてあり得るだろうか。その一個一個の出来損いが、歪み歪んで自ら形を整えようと切りなく努めるうち、言わばその半永久的な自己調整の運動の上に無数の宇宙という奴が一つ一つあり得るのだ。永続するそうした不完全さの中に宇宙の永遠という意味があるのではないのか。

（『亀裂』六九頁）

これは、先に述べた『宗教的経験の諸相』を書いたプラグマティズムの哲学者ウィリアム・ジェイムズのサブ・ユニバース論、現象学者アルフレート・シュッツの多元的現実論に通じる。実際、石原は、ジェイムズの『宗教的経験の諸相』を思わせる、新宗教についての詳細な研究ルポ『巷の神々』で、不可知なものへのジェイムズの態度に惹かれるとも記している。

もちろん、生き方さがしをする若い人たちが、孤独でバラバラな単体を違いに結びつけてくれるかもしれない媒体として恋愛に期待することが、しばしばあろう。しかしながら、「愛」を感じることと、「愛する」行いとは、亀裂していく。石原氏の諸作品も、基本的にはそうであった。ただし、石原作品、恋愛が成就しハッピィエンドとなることはない。

後述するが、『太陽の季節』（一九五五年）、しばしばそのセンセーショナルな描写が言われるが、私には、恋愛の構造を分析的に捉えた哲学書として読める。この結末は、ヒロイン英子は不幸な死に方をし、主人公竜哉は、その後どうなっていったかはわからないままとなる。若く、まだどう生きて行くかわからない、生き方さがしの作品だといえる。

石原自身が若い頃の作品は、当然こうした設定にならざるをえなかったであろう。その自分さがしは繰り返されていく。例えば『処刑の部屋』（一九五六年）。リンチに遭っているその状況と心情の描写であり、たいへんに特異である。一人称小説で書かれてはいないが、主人公克己が生きることに執着していこうというのはわかるが、この若い男がその後、どうなったかはわからない。「人生にとって幾十億の出来損いが何であろう？　生み直し、生み変えるための時間と天体は十分にある」ということだったのであろう。

『亀裂』には、こんな場面もある。主人公明がヒロイン涼子に「女優をやっていて楽しいか」と無粋な問いを向ける。

「楽しい訳ないやないの、そない退屈な商売。うちが女優しているの惰性だけやわ。それと食べるためお金儲けるためにだけよ」（『亀裂』九四頁）という返事は、今も通じる普遍的な言い分かも知れぬ。仕事は、食べるため金儲けのための退屈な惰性だと。

戦後日本人は、「仕事」ということに、幾十億の個体にある不完全さの綜合を求め続けた。無難な就職、安定した職業というのは、『亀裂』に描かれる自画像石原の友たちが、当時抱いていた思いであり、今の若い世代、学生たちもほぼ同様の思いを抱いている。

だが、そうして得られる「仕事」とはそもそも何か、一生の仕事などともいうが、仕事が果たして人生を綜合してくれるのだろうか。いや、実は仕事は、それを選択したその時から、そうであろうとした私とそうでない私という、やはり亀裂を生むものである。それがリアルであり、多元的な諸現実を安易に綜合しようとした目論見が崩れていくリアルな結果でもある。

仕事がばらばらな個を結びつけてくれるという信仰は、高度経済成長の進展とともに産出される会社人間の日本人の拠り所となった。しかしそれが虚しい幻想だというのは、後述する『日本零年』(一九六〇年)の主題のひとつともなっていく。

基本前提は、無数のそして不完全なサブ・ユニバースがひとつひとつばらばらでしかないということである。それを綜合するために、恋愛に期待するか、仕事に生きるか、そして日本というネーション性に頼るのか、亀裂の宥和をどこかに求めようと衝動に囚われるのだろうか。あるいは、さまざまにあるサブ・ユニバースを、自由に飛び跳ねて生きていくのか、この違いはある。石原のライフ・コースは、この亀裂した数多のサブ・ユニバースとともに生きていくことの徹底なのか、それともそれらを「日本」なるもので宥和、総合しようというのか、どちらなのであろうか。もちろん、「日本」という形象がどう捉えられるかも、もうすでにマルティプルのはずだと私は思っている。

第三章　青春のピュリティ

1.『太陽の季節』は難しい

二一世紀日本、「希望格差社会」などとも言われ、人の人生はそれぞれ先の先まで一生の格差まで見えてしまい、その中で生きていく可能性さえある。「情報化社会」と称されそれが肯定的に掲げられ、「生きる」ための情報が大量に準備され、さらにそれが氾濫する中で人はそれに踊らされ一喜一憂しながら生きていく。生き方さがしは過ぎ去った昔の想い出か。今や、全部先まで見えてしまっているのではとも思いたくなる硬直した日本社会。

素晴らしい人と出逢い、愛を感じ愛する関係は、人が生きていく上で重要なテーマのはずだが、恋愛さえも回避すべきリスクとして処理される時代となったのかもしれない。

石原は男と女の問題を繰り返し主題にし続けてきた。この人を有名にした『太陽の季節』は、第三四回(昭和三〇年下半期)芥川賞受賞作品であり、これにより石原は、作家として歩んでいくことになるが、この小説はたいへん難しい。

『太陽の季節』(一九五五年)が石原の作家デビューということとされるが、「灰色の教室」

逗子海岸にある「太陽の季節」文学記念碑

（一九五四年）、「冷たい顔」（一九五五年）、「透き透った時間」（一九五六年）、「乾いた花」（一九五八年）など、同時代の短編作品の多くは、『太陽の季節』の習作としても読むことができ、やはり恋愛、死、スポーツなど共通の題材が用いられている。

一九五〇年代、それは二一世紀二〇年近くを経過した、希望格差社会などと表現される今とは違う、未知で不可知な未来に向いて新しく始まる社会の断面を石原はよく捉えていた。

・処女作「灰色の教室」から

石原が一橋大学在学中、自ら中心になって復刊した『一橋文芸』に寄稿した小説「灰色の教室」。これが処女作ということになろう。K学園という名称の学園の生徒たちの風景物語である。ただし、集団万引き、自殺とその幇助など読みようによってはむちゃくちゃな学校だともいえるが、そうした材料はわりあい容易く手に入れられたようにも考えられる。そういう出来事の中に、こんな話が収められている。

拳闘選手の樫野が、試合の度にリングサイドにつれて来た啓子という女を殆どの友人が知っていた。（中略）

その啓子に対する樫野の態度が段々素っ気無くなって来、反対に彼女が彼に一言々々女の奴隷が主人に媚びるような様子に変って、終《しま》いにははらはらしながら暴力よりも残酷な彼の言葉を待ちそれでもじっと我慢して彼についてくるように二人の仲が変わって来ても、そんなケースにはなれてしまっている仲間達は（中略）全く気に留めなかった。（中略）

がやがて啓子は樫野の子供を生みそこない、余病を併発してあっけなく死んでしまったのだ。

（「灰色の教室」『太陽の季節』一〇四—五頁）

これは、まさに『太陽の季節』の原型である。拳闘選手樫野は、津川竜哉であり、啓子は英子となって『太陽の季節』ではヒーローとヒロインとなっているが、『太陽の季節』のアウトラ

イン は実はシンプルなこれだけである。

「灰色の教室」においても、『太陽の季節』においても、男の子は高校のボクシング部、女性は年上の女性。酒も飲み、車も運転する。後年、石原が『弟』で、「放蕩の季節」と題して、弟石原裕次郎の慶応高校時代を縷々書いているが、材料は弟やその友たち、さらには石原自身も弟らと体験し見知り体験した諸事だと考えられる。

それらの出来事の真偽、高校生の飲酒、相手に堕胎させ死なせてしまうことの善悪や、高校生がヨットを買い与えられていること、その相手も東京に住むが葉山に夏の別荘を持つ富裕な家庭の子女のする火遊びについて、真面目な道徳論を掲げてあれこれ批判するのは、当時もそして今も、さほど難しいことではない。そうした議論は、尽きないだろうが、それは別の次元、そのサブ・ユニバースの話となろう。

・恋愛ゲーム論

『太陽の季節』、その書き出しは、こう始まっている。

竜哉が強く英子に魅かれたのは、彼が拳闘に魅かれる気持ちと同じようなものがあった。

それには、リングで叩きのめされる瞬間、抵抗される人間だけが感じる、あの一種の驚愕の入り混った快感に通じるものが確かにあった。

（『太陽の季節』八頁）

そして次のように終わっている。

シャドウを終え、パンチングバッグを打ちながら竜哉はふと英子の言葉を思い出した。
〃――何故《なぜ》貴方は、もっと素直に愛することができないの〃
その瞬間、跳ね廻るパンチングバッグの後ろに竜哉の幻覚は英子の笑顔を見た。彼は夢中でそれを殴りつけた。

（『太陽の季節』七四―五頁）

しばしばセンセーショナルに引用されるところがある。

風呂から出て体一杯に水を浴びながら竜哉は、この時初めて英子に対する心を決めた。裸の上半身にタオルをかけ、離れに上ると彼は障子の外から声を掛けた。

「英子さん」

部屋の英子がこちらを向いた気配に、彼は勃起した陰茎を外から障子に突き立てた。障子は乾いた音をたてて破れ、それを見た英子は読んでいた本を力一杯障子にぶつけたのだ。本は見事、的に当って畳に落ちた。

その瞬間、竜哉は体中が引き締まるような快感を感じた。彼は、リングで感じるあのギラギラした、抵抗される人間の喜びを味わったのだ。


（『太陽の季節』三八頁）


竜哉と英子が最初に結ばれるこの場面だが、描出のされ方、そしてそもそも描出される行動のはしたなさについて批評批判することとは、おそらく好き嫌いの問題以上のものではない。英子に惹かれることと、拳闘に惹かれるのと同じようなものという冒頭を受けている。ここで二人は交わるのであるが、「好きだ」と竜哉は初めて女にいったとあり、竜哉が一撃を食らったということである。

結ばれるということに、美的形象としての愛を描出することでも、道徳論として愛のあり様を示そうなどというのではなく、恋愛とは実は精神遊戯（「灰色の教室」一〇六頁）であり、遊技論、すなわちゲーム論として、この恋愛を分析しようというのであろう。「灰色の教室」は、この話も含めて、実はゲームが鏤められた作品だったということができる。性愛の根底にある遊戯関係が私秘性というヴェールに隠されるものだとしても、伸るか反るか、やってみなければわからないということは、恋愛にはつねにありうる。

「英子さん」の呼びかけから始まり、障子に勃起した男根をつきたて、これに英子が本を力一杯障子にぶつけたるというシークエンスも、空間上の距離はあろうが、二人の身体運動の相互作用に支えられている。

性的欲求だけが先行するなら、障子など関係なく強姦ということにもなろう。たまたま暑い夏、離れのある金持ちの家、風呂に入ってさっぱりしたあと、そして英子が投げつけることのできる本を手にしていなければ、こんなふうにはならなかった。これを詩的と見るか見ないかはその人の感覚ということになろう。状況に依存したこの身体運動のシークエンスが作り上げていった場面である。したがって「好きだ」という竜哉の発語は、「参った」ということであり、このラウンド終了ということになる。

恋などと言うものにしても、彼はすっかり諦めることにしていた。(中略)大体彼は、嘗て交渉した数多い女達に何も求めはしなかった。彼が通って来た世界の女達は、所謂玄人も素人も、彼が女に求めるべきと信じた夢を一つ一つ壊しただけであった。だから、彼が新しい女を追い廻すのは、女達が新しい流行を追ってやたら身の飾りを取り替えるのと変りはないのだ。

（『太陽の季節』三六頁）

こんなふうに特性を描写された男竜哉が「好きだ」と口にした。ラウンドの終了のみならず、英子という相手は竜哉には今までに対戦したことのない相手だったということだ。

竜哉は拳闘選手だから、ゲームは続く。一撃を食らったことを考え続けていることは許されない。そんな観念を頭で抱きながら拳闘などできない。

英子は、竜哉たちが東京で、今ふうの表現ではナンパしたひとりであり、この場面は、夏前に葉山のサマーハウスの準備にやって来て逗子の竜哉の家に寄ったということである。夏になり「東京の遊び人達は何処かの高原へ出掛けるか、さもなくば湘南の海岸に彼等の戦場を移すのだ。英子は葉山の別荘にやってきた」（『太陽の季節』四九頁）という世界、そうしたサマー・ヴァケーションを享受できる階層の話であるが、間もなくこの種のレジャーは大衆仕様が大量生産されて、日本の大量消費文化の一部となっていく。

竜哉は英子を夕凪前にヨットに誘う。江ノ島に向かうが、稲村ヶ崎沖合で風が止み、投錨し帆をおろし、由比ヶ浜から逗子の海岸に続く灯を見ながら、ポータブルラジオからスローミュージックが流れ、持ってきた簡単な夕食を取り、酒を飲み、海に入って二人は戯れる。ヨットに戻り再び結ばれる。

やがて月は明るくなった水の上を風が伝わって来る。前帆がゆっくりはためく。上気した頬に夜風は爽やかであった。暫くして竜哉は主帆を上げた。二人は抱き合ったまま梶棒を握った。湊のポールライト目指して船はすべって行く。その灯は行けども行けども果てなく遠く思われた。潮の干いた逗子の渚にヴィラやホテルの灯が幾すじも縦に延びて光り、遠くの水の上まで伝わっている。

「一寸したリヴィエラ風景だな」

そう言って竜哉は英子に接吻した。

（『太陽の季節』五三頁）

ここは「好きだ」と口にするのではなく、接吻という身体動作となっている。そうしたロマンティック・ラブのシークエンスが尽き果てところで、彼と彼女の関係は残酷にも変わっていく。「やがて、英子は竜哉の行く所何処へでも姿を見せるようになった。彼には段々それが煩わしくなった」（『太陽の季節』五六頁）。

石原は竜哉を介して、この意味変化を次のように解説している。

人間にとって愛は、所詮持続して燃焼する感動ではあり得ない。それは肉と肉とが結ばれる瞬間に、激しく輝くものではないだろうか。人間は結局、この瞬間に肉体でしか結ばれることが無いのだ。後はその激しい輝きを網膜の残像に捕えたと信じ続けるに過ぎぬのではないか。

（『太陽の季節』五三頁）

恋愛は、婚姻という制度でも、そのために文書で根拠づけられ、離婚に際して財産分与のもとになる契約関係などではない。「好きだ」という発語やそれに相当する表現は、恋愛の過程につねにあろうが、それはまさに表出であって、唇や声帯の身体運動である。「好きだ」は、その時点の竜哉の心の表出であり、「好き」ということについて体系化された観念の言語表現などではない。「ちょっとしたリヴィエラ風景だな」も、逗子がリヴィエラではないことは当たり前で、「ロマンチックだな」という体験を比喩表現したにすぎまい。発語であるが語の意味ではなく、言語外な体験であり、言語的ではない接吻と同じく発語媒介効果こそ重要なのである。

恋愛は、「好きだ」という体験に、「好きだ」と言表する行為、あるいは接吻というやはり行為で応じることになる。相手はそれらの行為を体験としてしか捉えることができないだろうし、それらに対して、再び「好きだ」や接吻などの行為で応じることになる。

　恋愛というシークエンスが、体験と行為とが非相称に連鎖していくことでできあがっており、それゆえに恋愛は、瞬間的な一致を体験することがあるものの、それを持続させようと行為しても、それが叶わぬことが普通だということになっており、そもそもこわれやすいものであることが、このシークエンスの構成、すなわち行為と体験との非相称に連鎖していくことによく示されている。

　これは、先手が指した手に、後手の手が応じ、さらにそれに先手が指し、さらにそれに後手が返すというゲームの連鎖とよく似ている。だからまさしく精神遊戯ということになる。そしてどんなゲームでも、それはいつかオーバーとなる。恋愛もそうである。勝負はついていた。にもかかわらず、竜哉は英子にパンチを加え続けるのである。


　英子に抵抗するものが無くなった今、彼が尚彼女に執着するのは何故であろう。この残忍さは唯英子だけに向けられ、その裏にあるものは当の彼にもわからなかった。あの夜英子に抱いた感動を彼がこういう形でしか現わし得ないとしたらそれは何ということだろうか。自分の悪戯が前と変って彼女に恐ろしく堪《こた》えるのを見ると、彼はますます手の込んだあくどいいじめ方を考え出した。

ロープに寄りかかった相手に、まだ執拗に連打を続けるごとく英子は竜哉に打ちこまれる。挙げ句の果てに、竜哉は兄道久に英子を五千円で払い下げる。そうした悪辣な企みを知らされても英子が彼から離れようとはしないことを知りながらである。

（『太陽の季節』五七頁）

残酷な売買を知った英子は涙していうが、竜哉は、ゲームをさらに続けようとする。

どうしてそんなに私をいじめたいの。本当に、心から私が嫌いになったら貴方はそんなことしないでしょう。貴方その気なら、私は抱いてもらえるまでお金を出すわ。（中略）貴方は私を売ったつもりでも、結局私に買われるのよ。

（『太陽の季節』六六頁）

そして、ゲーム終幕は、英子の妊娠から始まる。堕胎について竜哉は逡巡し、時間を経過させることで英子が苦しむことを知りつつ、そしてその上で結局は堕させる。竜哉がゲームの終わりを予感してのことでもある。

こんな風にして、彼は一月の間英子を引っぱっておいた。がある日新聞で、家庭で子供を抱いたチャンピオンの写真を見て彼は顔を顰めると思いたった。丹前をはだけたその選手は、だらしない顔をして笑っている。リングで彼が見せる、憂鬱に眉をひそめたあの精悍な表情は何処にもなかった。竜哉は子供を始末することに決心した。赤ん坊は、スポーツマンとしての彼の妙な気取りの為に殺されたのだ。

（『太陽の季節』七二頁）

ゲームを続けるには、赤ん坊は必要ない。だから堕させるのだが、逡巡とじらしによって時が経過し掻爬手術は困難となり、さらに骨格の状態で帝王切開となる。これが腹膜炎を併発し英子を死なせてしまうのである。ゲームは、予期せぬ結果でオーバーとなる。それゆえに竜哉は、「チエ、どじをしやがって」と口にする。もうゲームができなくなるじゃないかということだろう。葬儀では、当然ながら英子の家族、友人たちの竜哉への眼差しは厳しい。しかしそのこと以上に、実は竜哉の予期に反してゲームはまだ続いていたのである。

花に埋もれて英子の写真が置かれている。それはあの蓮っ葉な笑顔と、挑むような眼つきであった。（中略）笑顔の下、その挑むような眼差しに彼は今初めて知ったのだ。これは英子の彼に対する一番残酷な復讐ではなかったか、彼女は死ぬことによって、竜哉が一番好きだった、いくら叩いても壊れぬ玩具を永久に奪ったのだ。

（『太陽の季節』七四頁）

竜哉が香炉を写真に叩きつき、祭壇はめちゃめちゃになる。そして真っ直ぐ学校のジムに戻りパンチングバックを打つのである。しかし、英子の顔が浮かび上がってくるのである。「──何故貴方は、もっと素直に愛することができないの」という英子の言葉と彼女の幻影に彼女の笑顔を見たのである。竜哉の完敗ということか。

2. 恋愛への恋慕

『太陽の季節』だけを読んで、石原慎太郎について、あれこれ評価を下すのは難しいと私は思っている。私は、これを読んで綺麗だとは、なかなか感じることができなかった。実際、この話の筋は、ひどい男の話であり、しばしば情愛は、下手をすると、こんなふうに不幸になるのが人間の世界だということでもある。

それでは、石原は、そもそも恋愛について否定的、消極的だということか。そんなことはないだろう。むしろ純愛とは何かを、『亀裂』の後書きに、(一)現代に於ける純粋行為の可能性、(二)現代に於ける人間の繫り合いの可能性、言い換えれば恋愛に於ける肉体主義の可能性、と挙げていたとおり、ずっとこれを描き続けてきたと読むべきだろう。

それは、後述する(七章)『刃鋼』(一九六四年)のようなハードボイルドの場合にもある。

その出来事の記憶は未だに、いつまでも生々しい。おそらく一生、私はある必要な瞬間に、あの出来事の記憶を、あの瞬間と同じ鮮やかさで思い起こすだろう。

(『刃鋼』一九頁)

何をかというと、中学校の卒業旅行で見舞われたバス事故のことである。この事故で、クラスメートでずっと憧れていた松井澄子が死ぬ。転落したバスの中から彼女の亡骸を背負って登っていくのは、この小説の主人公卓治であった。「澄子は私にとって、恐らく他の級友たちにとってと同じように、この一年間に見る間にその美しさを整え、私たちを追い抜いて大人に育っていこうとしている、遠見の花のように美しい少女だった」(『刃鋼』二二頁)。

『てっぺん野郎』(一九六二年)においても同じような描写がある。「予科練から帰って一年ほどし、朗太は通学のいきすがりに見る少女に生まれて初めて恋をした。それが恋愛だということに、その子を見ると妙に胸さわぎし、息苦しくなるようになって暫くしてから気がついた。(中略)少女の名は、上条英子といった。町で一番金持ちの、機問屋の娘だった」(『てっぺん野郎』一九頁)。

こうした純愛への憧れは、成就しない純粋な片思いであり、たいへんロマンチックで綺麗である。田中角栄を題材にした一人称小説『天才』(二〇一六年)においても、「三番さん」と呼ばれている電話交換手にこれを確かめてみることができる。こういう純愛を、たぶん石原は好きなはずである。恋愛への恋慕という関係になっている。

第四章　日本よ！

1．江田島への思い

小説『亀裂』には、そのあらすじの中で示したが、石原の自画像だとされる主人公が「江田島の予科兵に入ろうと思っていたが、一年前に負けちまったんだ」と口にする場面がある。広島県江田島には海軍兵学校があった（現在は、海上自衛隊幹部候補生学校などがある）。石原による戦後七〇年の回顧『歴史の十字路に立って』（二〇一五年）には、こんなことが書かれている。

ちょうどその頃、湘南中学に入るための模擬試験を受けることになった。（中略）湘南中学の校長に扮した小学校の校長が、〈君の将来の志望は何か〉と質してきた。（中略）そこで「外交官です」と答えたら、先生たちが困ったような顔で鳩首して〈石原、外交官もいいが、今は戦争中だからとりあえず入試の時は海軍士官と答えなさい〉と言う。旧制湘南中学は海軍兵学校に進む者が多かったせいだろう、いい加減なことを言うなあと思いつつ、〈わかりました〉と模擬面接をやり直して、先生が〈君の将来の志望は〉と問うのに「はい、海軍士官であります」と答え、本番でもその通りに答えた。

（『歴史の十字路に立って』三二―三頁）

逗子の海岸近くには、東郷橋というのがあり、東郷平八郎元帥の別荘が近くにあったという。慎太郎の父親潔は、郷土伊予の立志伝中の人物である山下亀三郎が創業した山下汽船に入り、店童からたたき上げで取締役にまで出世していった。山下は、日露戦争の日本海海戦で大勝利を収めた作戦参謀秋山真之とも同郷で親しかった。父親潔が、一九四三（昭和一八）年、山下汽船東京支店副長として小樽から赴任してきたとき、山下の逗子での別邸に家族で住むことになったという（佐野眞一『てっぺん野郎』一八〇頁）。

戦時中だったということもあるが、石原が海軍兵学校を志望することになる影響を受ける客観的環境が多くある中にいたことはたしかだろう。一九四五年、終戦の年、石原は湘南中学の一年生となった。しかしながら間もなく戦争は終わる。

「戦後になった途端、湘南中学は、今度は海軍兵学校ではなく〈勉強して成績を上げ、卒業後は大蔵省に入って出世しろ〉などと言い出したものだった。（中略）それを聞いて私は激しく幻滅させられた」（『歴史の十字路に立って』四九頁）のであった。

そうした思春期の体験が、どのように心に残っていったのかはわからない。しかしながら、『亀裂』の主人公には、そうした思いがあったようだし、それゆえに自分は何になるのだろうかという生き方さがしが始まったということなのだろう。

おそらくは、若いときのそうした、ひとつの挫折体験、すなわち海軍兵学校がなくなってしまったという体験は、その後の自己形成に影響し続けても不思議はない。

ここでは、ナショナリズムに結びつく二つの小説について見てみたい。ひとつは、小説『挑戦』（一九五九年）であり、今ひとつは小説『日本零年』（一九六〇年）である。ともに『文學界』に連載され、のちに単行本となった。

人を結びつけるのはどのように可能かという問いが、文庫版『亀裂』のあとがきに掲げてあった。すなわち、(一)現代に於ける純粋行為の可能性、(二)現代に於ける人間の繋り合いの可能性、言い換えれば恋愛に於ける肉体主義の可能性、という問いであった。

愛が人を結びつけるというのは、そのとおりであり、恋愛において、純愛と肉愛とを区別しようとするのは、今もある一般的な区別のはずである。すなわち、人と人を結びつける愛が、いかに純粋であるのかということである。それとも、肉欲の歓びということだけなのかということである。

『挑戦』と『日本零年』、どちらの小説とも、もちろん恋愛場面、男女関係が盛り込まれてはいるが、人と人とを結びつける媒体は、愛のみならず他にもあるということをよく示している。生き方さがしの途上、ばらばらな単体を結びつけてくれる何かはないだろうかという問いへの答え模索ということである。

すなわち、ひとつは、「日本」というネーション性である。国、日本が、いかに人を結びつけるのかということである。そして今ひとつは、ある使命のもとそれをいかに達成するか、すなわち仕事にどう向かうのかということであり、仕事もまた人を人に結びつける媒体なのだろうということである。

・小説『挑戦』

『挑戦』は、百田尚樹のベストセラー『海賊とよばれた男』に描かれた、出光佐三と一九五三年五月に実際にあった日章丸事件が素材だが、石原はすでに半世紀以上前にこれについて創作をしていた。

主人公伊崎の会社社長沢田は、当時の出光興産社長の出光佐三であろう。『亀裂』の主人公であった明が、戦争が終わってしまい江田島に行きそびれたという思いを持ち続けていたのに対して、この小説での主人公伊崎は、元海軍士官、乗艦していた巡洋艦の沈没と、戦友の死を引き摺っている。

物語は、とある支店で仕事をしていた伊崎に女から電話がかかってくるところから始まる。伊崎と関係のある芸者であった。そしてその夜、彼女に会い、心中を迫られ睡眠薬を飲み自殺をはかる。朦朧とする中、戦争中、スラバヤ沖で油槽船護衛のため乗船していた巡洋艦が被爆轟沈、戦友二人とゴムボートで漂流していた。ひとりは瀕死の重傷で間もなく死ぬ。もうひとりの重傷者沢田中尉は、苦痛の余り伊崎にナイフで俺を刺せと求める。苦しい逡巡の末、刺して殺すことになる。

睡眠薬による心中自殺、女は死ぬが伊崎は助かる。仕事をしていた極東興産は、世界の石油を支配するメジャーから独立した日本の石油業者であった。戦後の立て直しに際しても戦前からの社員をひとりとして整理することなくやり抜いてきた。戦後、沢田の父であるこの社長に子息の死について報告に来た。そしてそれが縁となり極東興産で働くことになったのである。

しかし、戦争での体験が、彼の精神を殺してしまっていた。仕事はできたが、腑抜けとなってしまっていた。今回の心中の前にも、この会社で働く女性と関係ができたが、その女性を自殺に追いやってしまっていた。

総務部長、役員みな反対だったが、そんな伊崎を、沢田は東京勤務に戻す。沢田の秘書も、伊崎が死に追いやった女性の友人だったことで、伊崎に対して厳しく接した。生き甲斐を失ったこの男、酔いどれの日々。あるバーで喧嘩。偶然、沢田の娘が飲みに来ていた。彼女は、その男が父の会社の社長室で以前会った伊崎とわかる。そして二人のつきあいが始まる。

一九五〇年代初めの日本は、外貨もまだ占領軍に割当制限を受け、石油は国際石油資本によるカルテルに支配されていた。ある営業会議で、可能な企業戦略の提案を求めた役員に、ふと伊崎はイランからの輸入を提案する。一九五一年モサデクが首相となり、メジャーのひとつアングロ・イラニアン石油が独占していた利権と産業の国有化を断行していた。イギリス、国際石油資本は、イランから各国への石油を封鎖、イランは窮地に陥っていた。

沢田は、伊崎の考えをただちに採用しなかったが、ある時、実業人たちのクラブ、戦前の石油業界の大立者工藤老人から、奇しくも「安いところから石油を買いなさい、イランはどうだ」と言われ、イランから購入し、石油価格を消費者のために下げ、メジャーのカルテル支配に風穴をあけることができると考えた。伊崎を呼び社運を賭けたプロジェクトを企画していく。

経済発展を期待する通商産業省は前向きであったが、対英関係を案ずる外務大臣は非協力だった。沢田は伊崎を同行させ、極秘に自らイランを訪れモサデクにも会い交渉をまとめる。

だが、保険会社も政府の圧力と、リスクのため引き受け手がなかった。工藤老人の斡旋で、さる保険会社が引き受けた。予定の船会社もリスクを怖れタンカーを回さず、沢田は自社の虎の子の大型タンカー極東丸を使い、伊崎を臨時パーサーとして乗船させる。伊崎は再び生きがいと、命を賭けている自分を見出し、仕事が成った折には、沢田の娘早枝子と一緒になろうと考える。ただし早枝子も、生きる道を見つけた伊崎を見て、自分も思案模索していた計画を実行しようと決める。

沢田をはじめ多くに見送られ極東丸は出港。早枝子は、皆のいる岸壁から離れた倉庫からひとり見送り、フランスへ給費留学生として絵の勉強をしに行くことを決する。

極東丸は、乗組員にも途中まで行き先を教えず、イギリスに動きを察知されぬようにイランの港アバダンに到着。大歓迎を受け、程なく石油を満載、日本に引き返していく。イギリス海軍の動きを嫌い、マラッカ海峡、シンガポールを避けて、インドネシアから南シナ海に入る。伊崎が、かつて戦友たちを失った海であった。

石油の所有権を主張するアングロ・イラニアン石油が求めた仮処分でタンカーまでも差し押さえられることのないように、入港地を極秘とし、当初は宇部と見せかけ、裁判所休日に合わせて土曜午後入港、日曜のうちに石油を貯蔵施設に移すよう計画し、川崎に入港する。アングロ・イラニアン石油は訴訟を起こし、石油の差し押さえを求めたが、判決は極東興産勝訴となる。

しかしプロジェクト開始頃から、伊崎は喀血するようになっていた。早枝子は気づいていたが父沢田にはそれを出航後打ち明けた。航行中、伊崎の病状は悪くなり、帰国間もなく激しい喀血をし入院するが、終には死ぬことになる。死の床で、伊崎は沢田に、イラン入港に際して歓迎の飛行機から投下された花束、その一部のもう枯れた花の入った箱を、極東丸の次のイラン行で、戦友たちの死んだ海に投げ入れてくれと頼む。

沢田は、これを船長に託す。船長は、次のイラン行に際して、インドネシア海域を回り、乗組員一同整列して、伊崎を思いこれを海に投げ入れる。

こういう筋である。日章丸事件を材料に石原自身が創作していったわけだが、『亀裂』の主人公とは違う伊崎という人物像を見ることができる。

イランのモハンマド・モサデクによる対英独立、そしてそれに呼応するかのように、英米の石油メジャーに対して、日本の独立系石油会社が虎の子のタンカーを使ってイランに石油買い付けに行く。そのヒーローは、戦争中スラバヤ沖で乗艦が沈み、戦友を失った男で、そのために腑抜けになってしまっていたのが、この大計画にシャキッとして任務を忠実に、しかも喀血をしているにもかかわらず敢行し、作戦完遂後、死んでいくというストーリーであり、一種殉死のナショナリズムということになろう。

実は、これと似たような体裁は、『行為と死』（一九六四年）にもある。カイロに赴任する商社マンが主人公、愛した妻のいる東京と今いるカイロとを、場面を交互交錯させながら、それゆえにカイロを知らぬ日本人の読み手にはリアルさをずいぶん欠くようにも読めるが、『挑戦』での英雄談が出光佐三の日章丸とイランのモハンマド・モサデクによる対英独立という愛国主義で成っていたのに対して、『行為と死』では、エジプトのガマール・アブデゥル＝ナセルと日本人商社マンという関係となっている。

青年将校であったナセルによる、スエズ運河国有化という独立運動とその愛国主義に共鳴し義勇軍に加担する日本人商社マンという関係である。こうした設定が、当時の普通の日本人にどのようなリアリティを結んだか知りたいところでもあるが、この小説の結末は、広瀬中佐張りの閉塞作戦となっている。

イランでの石油国有化（一九五一年）、エジプトでのスエズ運河国有化（一九五六年）は、どちらも対米英仏への独立戦争であり、石原がこれらに自らの思春期の思いを投影して、登場人物に実現させようとしていると読むことができる。

そして、こうした対米、対英のナショナリズムだけではなく、石油会社社員、カイロ駐在商社マンにとっての「仕事」「会社」ということも主題となっているはずである。

梗概に見たように、主人公伊崎の思いつきの提案を、社長沢田は工藤老人の言葉をきっかけに目覚め実現に向けていく。伊崎と沢田は、同じ方向に進んでいくのだが、仕事とは何かということについては決定的に違っている。

「君は何の関心でそんな思いつきをしたのかね」

伊崎は黙って笑った。

「え？」

「油をかわなきゃなりません」

「何のために」

「そのことだけでいいはずです」

外すように言った。

「そうではない」

圧えるように沢田は言った。（中略）

「君はいつもどんな耳でわしの話をきいているか知らないが、事業というものは、仕事という奴はそれだけのものではない。ただ油を買い、それを売る。それだけのことでは決してないのだ。国家とか民族という言葉が大きすぎるなら、君自身の人間一人を考えたまえ。ものごとを自分一人への集約から考えるやり方はなにも戦争の時の生や死の問題だけではない。むしろそうした態度の中に戦争が与えてくれなかった今と言う現実の状況に向かう方法があるのだ。安い油を安く消費者に売る、そのための努力ということが、実質的に隣の人間に君自身を結びつけるということを考えてみたまえ。そんな実感は何も経営者だけのものでは決してない。特に我々の努力が不利であり同時に絶対に正しいものである限り尚さらそうだ。

（『挑戦』一〇三—四頁）

極東興産とは出光興産がモデルであり、小説でもそうだが、戦後再出発に際して戦前からの社員たちを、自主退社した者以外、ひとりも整理解雇しなかったという。この会社が、そしてそこでの仕事が社員を結びつけていたということであり、これからもつながっていくということである。さらに、この会社の商品をつうじて消費者にもつながるということである。仕事をつうじてこそ人と人とはつながることができなければならないと沢田は、生きる目標を見失った伊崎に諭すのである。

石油を買って売れば、それが石油商社だというのではない。社員がつながり、消費者ともつながることが、民族、そして国家のためにも意味があるということだろう。極東丸（実話では第二日章丸）がイランから石油を安く買い入れてくるということは、英米が牛耳る国際石油資本から独立しようとしているイランのナショナリズムにも協力し、同じく国際石油資本から厳しく制約を受けている日本経済の独立にも貢献するという、一大プロジェクトだというのである。

事業とは、そして仕事とはそういうものでなければならないというのである。「誰もが仕事をしている。それがどんなに小さなつまらんものに思えようとも、そのことにはその人間の責任がある」(『挑戦』二四〇頁)。

戦争で友を失い、生きる意味を喪失し腑抜けになり、毎日自堕落に生きながらえていた伊崎は、こうした叱咤激励で、しかもこの事業遂行をまかされることで生きる意味を再び見出すという仕立てである。

モデルになった日章丸事件と小説の物語は、石原の創作によって大いに脚色されてはいるが、出光興産という会社が、独特の社風を持ち、今もアポロのマークでしか給油をしないドライバーがいるというのを私たちは知っているとおりである。

世界が、国際石油資本に牛耳られ、そのカルテルにより価格統制されていたことは事実であり、サンフランシスコで講和条約が前年に結ばれ日本が独立して一年を経過したところで起こった、この事件が、独立国日本の企業の気概と存在を誇示し、日本中の人々を結びつけたということもできるのかもしれない。孤立していたイラン人が大歓迎をしたことについての報道も事実であった(『朝日新聞』(一九五三年五月一〇日朝刊)一頁および(一一日朝刊)三頁)。仕事が人を結びつけるということなのかもしれない。

・小説『日本零年』

この小説も、『挑戦』と似たモチーフ「日本」が柱にある。そしてかなり複雑なストーリーの大きな作品である。もちろんヒロイン良子への二人の男性との恋愛ということもあるのだが、やはり基本軸は、日本における科学技術、ここでは原子力開発であり、これと政治との関係である。

主人公椎名は新聞記者、企業家である北村、原子力工学者である矢代、そしてピアニスト良子とたくさんの人物が登場してくるのは、『亀裂』と似ている。違うとすれば、いわゆるしっかりとした職業にこの人たちが就いているということである。その点で、生き方さがしは、仕事をつうじて、いかにして可能かという展開になっていると考えられる。

共立というコンツェルンを統帥する企業家北村が秘書とともにペルーへ出張する飛行機で、良子という女性に偶然会う場面から始まる。飛行機はブラジル、ボリビアの緑豊かな上空からチチカカ湖上空から、アンデスを越えていく。茶褐色から紅い褐色の土が連なる沙漠が広がっていく。緑と茶の際立った対比が目を惹く。北村は、波だつ青いチチカカ湖の水をアンデスの西側に流すことはできないかと壮大な灌漑計画を考える。

ピアニスト良子は、夫とヨーロッパで暮らしていたが、夫の不倫そして死により、遠回りの傷心旅行、帰国途中に北村と知り合う。

そして良子の羽田到着、偶然そこで昔の恋人である椎名と出会う。椎名は、ある新聞社の政治部記者であり、原子動力のアメリカからの輸入をめぐって、ある保守政治家に期待してその協力者となっていた。利権欲からではなく、科学を正確に報道しようという理念を抱きながら、東海村の誠実な矢代という工学者の仕事のために、その保守政治家に輸入の必要性を代弁していく。アメリカからの巨大な輸入であり、これにかかわるブローカーが祓川という頭の切れる男である。

だが、理想主義の記者椎名の思いは破られていく。矢代が日本独自に進めていた核融合の技術開発のために有益だと考えられていたアメリカのある会社の原子動力の輸入、当初はそれが政府決定される見込みであったが、政界内での利権駆け引きのために失敗に終わってしまうのである。

矢代は、国の研究所を辞め、北村のコンツェルンの研究機関で働き、新しい技術開発に専心しようとする。しかしこの開発は、政界内の利権誘導の末、今回決まった輸入そのものを、将来、意味のないものとしてしまう可能性のある研究であるため、それを怖れた人間たちにより臨界爆発事故が起こされ、そこで矢代は被爆し命を落としてしまう。
科学技術の本質的意味と、それとはまったく別の利権の誘導と配分だけに与る政治家の行動との断ち切れないいかがわしい関係を描いていきながら、そこに良子との復縁を期待する椎名、良子に好意を抱き関係もできる北村、さらに椎名の妻との関係などが織り込まれている。

この小説『日本零年』について、雑誌『文學界』への連載がほぼ終わる頃、江藤淳は『朝日新聞』の「文芸時評」でこの小説について酷評している。

『日本零年』は、『亀裂』の主題をもう一度『挑戦』ばりのプロット（筋立て）のなかで展開しようというような作品である。話の中心になっているのは、〈原子動力機関〉の米国からの購入にからむ保守政界の派閥争いで、舞台は東京、箱根、東海村から、南米、スペイン、米国にまで及ぼうという大がかりな道具立てであるが、石原氏が試みているのは世界をまたにかけた大冒険小説などではなく（中略）、いわば生き方探求というようなことである。

（『朝日新聞』一九六二年一月二六日）

『亀裂』を引き継いだ生き方探求小説の延長線上にあることは見たとおりである。主人公の新聞記者椎名は、たしかに都築明が姿を変えた、生き方を探している青年である。ただし、『亀裂』において設定されていた空間とは異なり、日本の政治そして「日本」という社会空間にコミットせねばならない人間という点で、その関わりについて具体的になってきているようには思える。このことは、『挑戦』とも共通している。生き方探しは、仕事を介して、ネーションとしての日本、いやもっと進んでいて「国家」としての日本に結びつけられるということなのだろう。仕事に人を結びつける媒介機能を期待するのは、一九六〇年代、すでに高度経済成長が始まっていた日本の経済社会を見ているからであろう。

しかしながら、江藤淳は、仕事が人を結ぶということについても、石原について辛辣に批判をしている。

『亀裂』にあらわれた氏の分身都築明《つづきめい》とは、もちろん〈ツヅクメイ〉という自嘲と自己嫌悪の反映にちがいない。が、それにもかかわらず氏は職業作家としてつづいた。その結果、現実や他人が氏の前から脱落していったとすれば、氏は職業作家としての成功とひきかえに、一個の人間として何か重要なものを失ったことになる。(中略)

作者は、この特殊な喪失感を、現代人全体の宿痾として一般化してみせる。現代人は、職業という〈方法〉によってしか他人とつながれないが、職業に従事すれば必然的に自己は破壊される。したがって現代人は決して他人とつながれず、自己回復が可能だとすればそれは職業の放棄、あるいは破壊による以外にない。ところで職業を拒否すれば現代人は生存できないから、彼は結局意味のあることは何もなし得ず、かつ孤独なままでいるほかはない。

（江藤淳『石原慎太郎論』一七三頁。初出は、江藤淳「『日本零年』について」『石原慎太郎文庫5　日本零年』（河出書房新社　一九六五年七月）

『亀裂』のあとがきに石原自身が主題とした、人がいかにつながることができるかという問いは、『日本零年』において、職業によりつながるだろうかと考えたが、それはさまざまな失敗要因と関連している。

本当に人間を繋げる方法なんぞないと言うことですよ。仕事と言うものの中には、自分孤りと、後は他人しかないと言うことですよ。あなた御自身を自分の方法に密着させられる、と言う。それは可能でしょう。しかしそうすることで自分を他人に向って拡げるとか他人に繋がるなどと言うことはありはしないのだ。仕事と言うもの、と言うより仕事とか方法と言う観念の罪は、たずさわる人間にそんな錯覚を与えることだ。

（『日本零年』四六九頁）

ブローカー祓川は、それゆえに初心で純情に生き方の方法探しをしている椎名にこういっていた。ただし、仕事が科学技術の展開、とりわけそれを進める優れた企業家により、どのように組織化され、それが「日本」という形象に結びついていくのかという問いは、『日本零年』の物語の中では実現しなかったが、政治家としての世界を持つようになる石原は江藤とは違って、もっと積極的に考えていったように思う。

2. ナショナリズムと科学技術信仰

石原が、奇しくも明治百年の年である一九六八年、政治家となるが、その抱負として新聞に次のように答えている。

議員として、まずやりたいことは核の問題。新しい生産手段を開発しない国民は一八世紀のスペインのように必ず衰微する。政治家として国民の核アレルギーを変えていきたい。

(『朝日新聞』一九六八年七月八日夕刊)

これは、小説『日本零年』から八年後の言説である。石原は、科学技術が日本を支えるということ。将来を見透しその科学技術を支えていくことのできる有能な企業家が必要であること。そして政治は、これらに対して、自らの利権争いをしていてはならないこと。これらを、『日本零年』において主人公の新聞記者椎名（若き石原？）は、理想と考えていた。

しかしながら、祓川というブローカーは、そうはならない政治ということについてよく知っており、冷徹に自分の利益を計算し仕事をしていた。そして、政治家は、芸術家ではない、企業家も芸術家ではない、何か形を創るそういう仕事ではないし、仕事とはそもそもそういうものではないと冷めていた。仕事をするということは、自分を大きく見せることなどではなく、等身大の自分に立ち向かっていること、そこにだけその存在意味があると純粋な椎名に諭していた。

これがおそらくは現実であろう。そしてこの長編小説の結末も、誠実な科学者、熱意ある企業家に対して、利益誘導だけしか頭になく将来をまったく考えない政治家がすべてを台無しとしてしまい、主人公椎名は苦悩する。芸術家良子は、これらとは別世界にいる。

作家石原の位置は、この作品においては、主人公新聞記者とかつての恋人芸術家の中間にあるような存在だろう。この人が、八年後、政治家となって、核の問題にどう関わっていくことができたか、国民にあるという核アレルギーをどう変えることができたかは、その後のこの人の政治家としての仕事に問わねばなるまい。

私の見知るかぎり、二〇一一年の東日本大震災による東京電力福島第一原子力発電所の大事故以降、アレルギーはさらに強くなったと言えるだろうし、そもそも政治は、資源エネルギー問題に利権抜きには関わることがなかったし、これからもできないのではないかと考えている。おのれの利益誘導のためではなく、日本のためにと純粋に思い込んでも、どんな「日本」かは、経済社会の進展、物質文化の浸透で、欲求性向が肥大し麻痺してしまい、すでに小説が舞台にしている時代には、捉えきるのが難しくなってしまっていた。秋山兄弟や広瀬中佐のような時代は、遠い昔となっていた。それゆえに明治百年ということでもあった。

『挑戦』における主人公伊崎のようなヒロイズムは、すでに当時、石原自身も物語の上での出来事と考えてはいたであろう。実際にあった日章丸事件や出光佐三は、その意味で石原が創作をせざるをえなかった稀有な事件であり人物だったということである。

すでに、そうしたことが、「パチンコ屋で聞く軍艦マーチ」（「作家ノート　虚構と真実」『祖国のための白書』〔一九六八年〕）というふうに揶揄されてしまう時代にすでに入っていた。『亀裂』の書かれた戦後間もない社会はすでに過ぎ去り、ネーションによる綜合も、江田島へ行き、秋山少佐や広瀬中佐にならんとすることはありえないことになってしまっていた。

それゆえに、石原は、科学技術が、そうした失われていった「日本」という形象を新たに支えてくれるものであると期待したはずである。政治家となったときの抱負は、そういうことだったはずである。

『日本零年』において、東海村の科学者矢代が進めていたこと、おそらくは核融合技術の独自開発ということであろうが、そうした日本独自の科学技術開発という発想は、近代主義のひとつの典型である科学技術主義と、今ひとつのそれである国民国家主義とが結びつき、それが国と民を強く豊かにするという立場であり、石原がこれを持ち続けていったことはよく理解できる。

そうした思いは、二一世紀になってからの、ある事件でも、石原の、なるほどと思う言説にそのまま現れ出ている。科学技術の独自の展開が、ネーションとしての日本の維持に不可欠だというのである。しかしながら、私の思うところ、すでにポストモダンに入ってしまった世界、「日本」という国家形象自体すでに多元化し、「科学」と「技術」についても、近代主義的なベクトル、すなわち豊かさ、幸せにそれが今なお向き続けているかについて、そう言い切るのはたいへん難しくなってしまっているはずである。

二〇〇九年民主党政権が誕生し、いわゆる「事業仕分け」という、一種の政治ショーとも言えることが実施された。その過程で、官民開発中のスーパーコンピューターについて、このスクリーニングにおいて中心的役割を果たした民主党蓮舫の発言に対して、当時東京都知事であった石原が向けた批判に、半世紀前と変わらぬ石原を認めることができる。

歴史の文明工学というところから眺めて、技術というのは絶対に必要だし、これは大事なもんなんです。それを、何か知らんけど、だれかが、〈スーパーコンピューター、どうして一位じゃなきゃだめなんですか、二位でいいじゃない。〉二位はないんだ。スーパーコンピューターは二位はないの、一位しかないの。その一位を、とにかく獲得して続けようと思ってるときに、ああいう、もう全く文明工学的に白痴的な、だれがどう言ったか覚えてませんけれど、新聞の報道読むと、そのスーパーコンピューターが何で二位でいいのか、二位はないんですよ。先端技術というのは二位はないんですよ。これを、歴史の原理というものを知らずに、ああいうただ金目を減らせばいいということだけで、国家の本当の原動力というものを阻害するような予算組まれたら、これはこの国はもたないと私は思います。

（『石原知事定例記者会見録』（二〇〇九年一一月二七日）

第五章　嫌悪という情念

1. 失われ行く家郷

一九六八年政治家となるきっかけは、『国家なる幻影　―わが政治への反回想』（一九九九年）に書かれているが、ベトナム戦争の取材にあったという。作家デビューから一三年が経ってい た。生き方さがしの青年も、すでに壮年に達していた。江田島へ行きたかったという思いは、ベトナムでの長い実際の戦争とその状況を目の当たりにし、次への決心となった。

『挑戦』や『日本零年』などの文学作品という媒体では、時代遅れのヒロイズムと揶揄されもすることを、政治で実践していこうという決心だったのだろう。ヒーローへの道を自ら進もうということになる。

この道を進むことで、二つの作品に象徴的に表れていた、対米・対英独立や、科学技術と政治という、自分さがしの目標をネーションで救済するという論法が、石原の文学作品から消えていく。

これは、政治家という仕事を見つけ、自身の自分さがしにも結論を得たということなのだろう。しかしそうなることで多くの日本人は、テレビに映し出され厳しい言動を発する政治家としてだけ石原慎太郎を見知るようになっていった。

しかし、一九七〇年『嫌悪の狙撃者』や『化石の森』のような大きな作品は、それぞれ素材も描き方も違うが、家郷への嫌悪が主題であり、政治家となることで、作家としてのスケールが、それ以前よりも大きくなったことを教えられる。

嫌悪という人間の精神状況が主題だが、それに連関させて、高度経済成長とともに失われていく東京郊外の風景がたいへん精密に描写されており、改めてこの人の観察眼の鋭さには驚くが、急激な都市化の進展とそこに棲まう人の精神状況に焦点が当たっている。これはもう生き方さがしの物語ではない。石原が、別の世界に立つようになったということであろう。

二つの小説『嫌悪の狙撃者』と『化石の森』、ともに大きな作品であるが、何が書いてあるか、まずはストーリーをたどってみなければならない。

・小説『嫌悪の狙撃者』

一九六五年七月に神奈川県高座郡で一八歳少年が警官を誘き出し待ち伏せして射殺。奪った拳銃でさらにひとりの警官に重傷を負わせ、運転者とともに車を奪い逃走、渋谷駅前の銃砲店に店員を人質に立てこもり乱射。多数の重軽傷者を出した実際にあった少年ライフル魔事件が、この小説の題材である。

石原も、事件発生を知り渋谷まで野次馬のひとりとして見に行ったが、事件後、裁判記録、精神鑑定記録など詳細に調査して出来上がった作品である。

観客のひとりとして、作者石原の位置を明瞭にしながら、犯人の少年が立てこもった銃砲店内での人質たちと犯人とのやりとり、警官隊との銃撃が再現されている。「観客」→「偶然」→「観客」→「戦闘」という順序で描かれている。

現在に至るまで繰り返し起こる劇場型犯罪の原初的形態ともいえる。あまりに早すぎる時代の変化ということがテーマであろう。観客のひとりである石原は、「それに、一人の若い男をあの出来事に駆った衝動が何であれ、それが時代に比べて早すぎたということは一体どういうことだろうか」(『嫌悪の狙撃者』一四二―三頁)と真正面から問うている。

そして興味深いことは、石原を除く観客たちは、五年後、犯人が死刑になるまでに、この事件が何であったのかさえ忘れていったということである。これは、今もよくあり続ける、まさしく人の社会の常だということについても石原は問うている。

私があの事件に抱いていた興味の内訳や、私なりの分析の筋だてが当っているか否かは別にして、この社会にとっては文字通り初めてだったあの種の出来事でありながら、それから僅か五年足らずの月日が流れただけで、あの出来事の帰結が、荘重ではあるにしてもひどく空疎なあの部屋の中で、僅か三分にも満たぬ終幕として、壇上から申し渡された言葉の木霊さえ響かずに終ってしまうということに、ふと不条理なものさえ感じられた。

（『嫌悪の狙撃者』一四二―三頁）

一審は無期懲役、二審は死刑。そして執行される。この判断の食い違いは、「事実」と「行為」として、「第一審鑑定書」→「第一審鑑定人」→「第二審鑑定書」→「第二審鑑定人」という順序で、鑑定書が吟味され、さらに、鑑定人にも面接した上で再構成し明らかになるようになっている。食い違いの要点は、犯人に潜在する癲癇と統合失調症をどう捉えたかという点にあった。ただし、第二鑑定書には、「問題は、被告の銃器に関する価値的情操が何故このように強固に形づくられたかということであろう。それは所詮被告人の生活史によって判断する以外に術はなさそうである」（『嫌悪の狙撃者』三七七頁）とあり、すでに第一鑑定人も、「ま、私たちに与えられた課題は、結局、被鑑定人の、犯行時における状態が病理学的にどうであったか、ということにつきてしまううらみはありますね。実は大事なことは、何が彼をそうさせたのか、ということなのでしょうに」（『嫌悪の狙撃者』三七七頁）と精神鑑定の領域外の問題と指摘している。

ゆえにこの生活史を作家石原が再構成していくのが、「回帰」というこの作品全体の中で、大きな紙幅を割いた章として展開している。その上で、今一度「彼の行為にある種の代行快感を感じた大衆は、それを正確に捉え直すこともなく事件を他と同じように一つの出来事として簡単に忘却してしまった」として、犯罪を劇場化する社会、そしてその観客である「大衆」の存在を、この事件の最終審に立ち会ったのちに、再び「観客——後書きに代えて」として問うている。

類似の主題化は、とりわけ日本社会学史においてよく知られた仕事としてある見田宗介の『まなざしの地獄』（河出書房新社）とよく似てもいる。

作家石原自身、最後に永山則夫事件についても、少年ライフル事件と経緯内容の相違から否定的だが触れている。

例えば、彼の事件の何年か後、二二口径拳銃による連続射殺魔として騒がれた永山則夫の事件などは、事件の推移にいくつかの姑息な窃盗がからんでい、逮捕された後、犯人を妙に持ち上げる一部ジャーナリズムや文化人の軽挙に便乗し、犯人自身も獄中で偏ったイデオロギーの哲学書を読み事件の後から自分で自分の犯罪の理屈づけ、正当化までしかねないありさまだった。

私は決して、無意識に行われた犯罪を、意識化されたそれよりもどう評価したりするものではないが、犯罪、特に殺人というまぎれもない事実に関る極限的な行為に、言葉や理屈で因果律をほどこすことは、その犯罪そのものの存在とは本質的に関りないような気がするのだ。

（『嫌悪の狙撃者』四〇八頁）

二つの事件について簡単に並べて比較論判するのは難しい。ただ一方で社会学者見田は、「まなざし」として視線とそれが生む地獄に行為の帰属を求めた。これに対して石原が主題にしたのは、『亀裂』以来のそれ、行為の純粋性ということであった。

今となってみれば、尚更、片山が起した事件は早すぎたといえるくらい時代に先行していた。あの出来事の後、この社会に進行していったものごとの悪しきとしか言えぬ進化は、それに即応する意味で、それらの悪しき変化とどうにも調和出来ず悲鳴を上げる人間の反撥を、さまざまな異常な犯罪事件として導き出してきた。しかし、そうした事件に比べて片山が起したことがらは、何といおう、ある純粋な何かを持っていたような気がするのだ。犯罪に純粋という修飾は不適かも知れぬが、出来事の経緯、その無償性、それを行った人間の人格等からして、私には事件自体が透明な結晶体のように感じられる。

（『嫌悪の狙撃者』四〇八頁）

はっきりと「犯罪に純粋という修飾は不適」だと言明しているが、なぜこれが起こったのか、この行為の原的な意味は何なのかを問おうということだろう。被告少年の生活史の再構成、そして裁判での行為の動機理解ということでも、この作品は、たいへん社会学的である。

・小説『化石の森』

「この作品は私が文学に重ねて、政治という方法を選び議席を得てから初めての書き下ろしの長編として書いた」（「他者のおぞましさ」『石原慎太郎の文学2　化石の森』五四二頁）という。完成までに五年を要した大作である。そしてストーリーも複雑であるが、何より人間の内面の暗部をよく描き出していて怖い。他方で、失われていく武蔵野の田園風景とそれが重ねられており、きわめて技巧に富んだ作品である。作家石原慎太郎という人が、その作品の多さのみならず、たいへん精巧な作品を生み出していたことに多くの人は気づく必要がある。一九七一年第二一回芸術選奨文部大臣賞受賞作品である。

主人公緋本治夫は、大学病院の病理学教室助手。遠縁にもあたり、かつ上司である助教授市原が国際学会で使う原稿を英語に翻訳しホテルに持ってきたところから物語が始まる。市原に先客がありホテルロビーで治夫は待たされ、暇つぶしにホテル地階に降りていったところ、偶然、高校時代の同級生井沢英子に声をかけられる。立派なホテルで、高級客、外国人客向けの理容店があった。彼女はマニキュアガールをしていた。彼女は、高校時代、男子同級生の性的な憧れであったが、途中で転校していた。

仕事が終わったら会う約束をして、治夫は市原のところに書類を渡しに行く。そこで市原から治夫の母多津子が上京していること、しかも生活にも苦労していると聞かされる。治夫は、家に男を招き入れ情をつうじた多津子を、その現場に踏み込み蹴り倒していた。多津子は家を出ていっていた。治夫が高校生のときだった。

治夫は、大学入学し家出同然に上京、経済学を学んだのち、医学部に入り直し医者の道に進んだ。医者であった父親が学資を出していた。

約束どおり仕事が終わり、英子と会い、その夜、彼女のアパートで彼らは結ばれる。さらに交際を続けるうちに、英子の仕事場である理容店のマスターが、英子もその姉をも金で縛り手籠めにしている事実を知る。

治夫は、大学病院で偶然さる化学会社製造の毒薬とその被害を被った作業員の症例に関係して、その毒薬のことを知る。これを使うなら、普通の検死では判明しないので、英子が使うマニキュア液に混ぜ、マスターに使い彼を殺すことを考える。マスターは、それとは知らず、英子のマニキュア、ペディキュアを受ける。ささくれ傷などもあり、二回ほどで彼は心臓発作で死ぬ。治夫と英子は、これで結ばれる。

しかしこの小説は複雑である。もうひとつ筋が組み込まれている。英子と再会した頃、治夫は子どもの脳を切開し腫瘍を取る手術に立ち会う。その際、子どもの母親塩見菊江の相談を聞く。子どもは、命は取り留めたが聾となる。当時、治夫は東京練馬にアパート住まいだったが、区画整理で保谷に移ることになる。塩見は家族と保谷に住んでいた。ある日、治夫と、保谷の新居にやってきていた英子が散歩をしていた時、線路近くで遊ぶ子どもたちが見えた。ひとりの男の子だけが、後ろから近づく機関車に気づかず線路の上を歩いているのに気がつく。

治夫は、走り寄り自らも怪我をしたが、この子を救う。手術で聾となった菊江の子どもだった。菊江は、これは奇蹟であり、神があなたを遣わしたのであり、初めて会った時からこうなるはずだったことだと治夫にいう。

菊江は、事業失敗で苦境にあった夫のこと、重い病を患ってきた子どものこと、さらには手術で聾となったことで、病院医療に不信となり、さる宗教に入信していた。信仰で必ず治るという因縁を悟ったと菊江はいう。治夫は菊江に病院へも子どもを連れて来るよう説くが聞き入れない。治夫は、彼女の信仰を知るためその教団に行き、老女と、辻という元医者に会い、医学と信仰をめぐりに議論となる。

その後ある日、治夫は菊江から、土地売買ですべてを失った夫の話を聞く。夫はこの地の人、すなわち保谷の人間だった。急速に都市化が進み、古い武蔵野は消えゆく一九五〇年代後半から六〇年代前半、その夫は、悪徳不動産三津田に土地を騙し取られていた。

弁護士と相談しつつ、治夫は三津田と会い、示談で損失を取り戻そうとする。夫とではなく、菊江と直接であれば交渉するという三津田の誘いに乗るが、三津田は、それを口実に菊江を手籠めにしようと目論んでいた。治夫は、間一髪、その場に踏み込み、かつて母親を蹴りつけたのと同じように、三津田を半殺しにする。しかしこのとき菊江と治夫の間に性関係ができてしまう。三津田は、この顛末を脚色、菊江の夫に告げ口する。逆上した夫は菊江に暴力をふるい、英子といた治夫のアパートにまでやってくる。

他方、上司であり遠縁でもある市原とその妻の世話で、治夫は、彼の姉と弟とともに、市原の家で母と会う。姉はすでに嫁ぎ、弟も家を出て大阪で大学生であった。治夫が高校生のとき家を出た母について、形の上だけ「家族」として元に戻ったことにして、治夫の父が、治夫をつうじて、母に生活費の一部を仕送りするということになる。さらに市原夫妻により、この母、ある住み込みの賄い婦をして独立生活ができるように整えてもらう。

しかしこの母、その住み込みの仕事場に情夫を連れ込む。これが原因で失職、また市原の家に厄介になる。困った市原は、治夫に引き取りを求めるが、治夫は応じるはずもなかった。しかも母多津子は、すでに英子にも近づき、治夫と英子が一緒になり、母と三人で住む話さえも持ちかけていた。

今一度、菊江の話に戻るが、英子が治夫のアパートにいたある日、菊江が治夫を尋ねてくる。これ以来、英子は、治夫にとって私が何であるかを問いただすようになり、治夫は、英子をしだいにうっとうしく思うようになる。英子は、菊江に直接会おうとする。たまたま菊江に会えなかったが、菊江の夫に会い、三津田に吹き込まれたその夫から、治夫と菊江の関係について知らされる。

英子は逆上し、かつてマスターを謀殺したことを菊江に手紙で打ち明ける。菊江は、ふさぎ込み、それに合わせたように子どもの容体が悪化する。英子は、さらに謀殺の件を警察にも自首すると治夫に言い出す。

治夫が酔って夜、帰宅すると、母多津子が、アパートの管理人室にいた。そして、英子が死んだという。治夫との関係がぎくしゃくし寂しくなった英子は、多津子にも、治夫とマスターを謀殺した話を打ち明け、残っている毒薬のことも教えていたのである。謀殺が警察に知られないように、多津子が彼女を毒殺したのである。

驚き尋ねる治夫に対して、「それはお前、私はあなたの」と多津子は言い笑う。治夫は「これは回帰だ、どうどう巡りだ、結局、おれは帰ってきた」と、母ににじり寄り、その片手を握るのであった。

この作品は、篠田正浩が監督、主人公緋本治夫を萩原健一、母親多津子を杉村春子、英子を二宮さよ子、治夫の姉を岩下志麻が演じ映画化されており、ＤＶＤも手に入る。小説がたいへん複雑な作品であるということもあり、原作とのズレを少しは感じるが筋は概ね忠実にたどってある。ただし、萩原健一、杉村春子と個性の強い俳優が演じ、映像がもたらすイメージは、著作がもたらすそれと違っていると私は思う。

2. 経済発展と文化遅滞

『挑戦』や『日本零年』と同じ作家が描いているのだろうかと思わせるほど、これらの作品の雰囲気は違っている。ナショナリズムへの志向は、もう消えてしまっている。

『日本零年』には、独自、最新の科学技術の開発ということと、それを目先の利権で政争の具とする愚かな政治家のことが書かれていた。これは、急速な経済発展、科学技術の進展に対して、人間の精神状況、文化状況がこれらに追いついていかないというふうに見ることができるかもしれない。

石原は、南博のもとで社会心理学を大いに学んだのであろう。それゆえに、この問題を、オグバーンやアレキザンダー、さらにはフロムに依拠して文化遅滞、カルチュラル・ラグの問題として捉えようとしている。

彼らの理論の基本発想は、マルクスの「存在は意識を規定する」という命題、すなわち土台となる経済構造の発展に対して、それの上にそびえる上部構造である意識や精神、その制度の形態となる文化や教育などは遅れて発展していくという考え方にある。

経済の急激な進展により、まさにかつての武蔵野の田園は失われ、伝統的な家郷は消えていった。『嫌悪の狙撃者』の素材は、首都圏近郊の町であり、そして渋谷という繁華街が立て籠もりの場となった。『化石の森』は、練馬、保谷であり、一九六〇年代、急速に人口が増加していった。東京に出て来た若者が棲まうところであり、いわゆる文化住宅などとも呼ばれた木造モルタル瓦葺きの二階建て木賃アパートに棲まう若者たちの生態が、デフォルメを加えられて、たいへん微細に描かれている。

経済成長による物質的豊かさと、精神状況、それが生み出す文化形式や政治制度の貧困という、物質的存在と精神文化意識とのラグがまず問われている。

さらに、この遅滞している精神状態について、石原は、より抽象的で一般的なところまで探求している。それが嫌悪という情念である。石原は若い頃、同年代の谷川俊太郎の詩を読んで驚愕したという。

青年作家石原は、「青年は非人間的であることによって、人間に成る。彼を動かしているものは若さのもたらす情念であることに違いはない。その情念は、人間を通してではなく、直接、むしろ肉体的に、コスモスにむすびついている。青年の時代は肉体の時代なのだ」(「挫折の虚妄を排す」『石原愼太郎の思想と行為8　孤独なる戴冠』一九頁)という友人谷川俊太郎の逆説的な青年についての言説を、繰り返し引用している。

青年こそが、現実に見える世界と、自らの内部にある精神状態のアンバランス、矛盾を鋭く感じ取り、既存の社会に対して革命的に行動するのだということである。そうした原動力が「嫌悪」ということである。

「〈嫌悪〉こそが、今日、すべての人間に共通して在る、生きるための情念である」(「〈嫌悪――現代の情念」『祖国のための白書』一〇頁)という前提であり、さらに「嫌悪が憎悪となり、憎悪が凝縮されて一つの行為に結晶する時にのみ、真実の破壊があり、革命があり創造があり得る」(同九頁)とさえいう。

『嫌悪の狙撃者』と『化石の森』を長くたどってみたが、実は、この嫌悪のテーマは、後述する大作『刃鋼』にもある。そしてこれらの作品よりも前に、短編小説『鴨』にすでに見ることができる。これは、大きな三作品よりももっとシンプルに問題を教えてくれる。

鴨撃ちの案内、そのつきそいを生業とする「家族」の話であり、まさしくその家族の問題である。主人公の少年は、身内を失い、いわばもらい子として育てられている。子どもながらその家の生業の手伝いをさせられている。鉄砲の掃除などである。そして育ての父母は彼のことを「ダボ」と蔑称で呼ぶのだ。

こうした父母からの蔑視と抑圧が、ある時、爆発する。主と僕の逆転である。育ての父母はそろって少年に撃ち殺される。命乞いをする育ての母を射殺する場面、そののち東京へ向かう車で、女友だちと逃げ、最後に警官隊に取り囲まれクローズする物語は、『嫌悪の狙撃者』や、その後の日本社会に、劇場型犯罪と呼ばれ実際に繰り返されていく事件を先取りし象徴している。ただし、きわめて残虐な事件であることは間違いないし、殺人事件として見るだけならその凄惨さだけに注意が向こう。

しかし、『鴨』の場合も、『嫌悪の狙撃者』の場合も、そこに描かれている少年の行為にひとつの純粋さ、内面に封じ込められたそれを見る必要があろう。蔑視、抑圧は、古い因習的な家郷の体質といえる。無論、美しい山、森、水もあるが、古い前世紀的な人間関係、家族形態を支える意識に対して、急速に進展していった経済発展とそれによる物質文明、そしてそれが可能にすると思われていたが、実際には表面的でしかない「自由」、しかしそれに憧れ、暴発していく現状への嫌悪がエネルギーであり、肉体が土台だということである。

「嫌悪」ということの純粋性を理論的に捉えてみると、たぶんこういうことなのだろうが、そして文化遅滞の矛盾に対して、すなわち古い因襲に縛られた家郷の圧迫から、脱出を試みる純粋さに、この「嫌悪」のベクトルを見るとして、それでは石原は、果たしてどのような対処を、遅滞する政治や文化の制度枠に発想していたのだろうかと、つい考えてしまう。これには私は、少しとまどうところがある。

例えば、石原の『「父」なくして国立たず』(一九九七年)のような啓蒙書に表されている家族形態である。「父性がなければ〈私〉は立たない」「戦後民主主義による父性の崩壊」「立国は父性なり」などと書かれているのを見ると、私も戦後民主主義者ではないが、そして私も父母に育てられ、そしてその父母も彼らの父母に育てられ、また私もつれあいと子を育てたのであるが、本当にそうだろうかと考える。

文化遅滞の理論を踏まえると、おそらくは現れ出る家族をはじめ、さまざまな文化、政治などの、その制度枠は、未だ知らぬ形式として生まれてきて、先行している物質文明の土台、その経済的基盤に適合していくはずであって、過去の文化や伝統から、そのまま持ち込んでくることは難しいと考えねばなるまい。

第六章　生きる感覚

1．行為のジャイロ

「青年は非人間的であることによって、人間に成る。彼を動かしているものは若さのもたらす情念であることに違いはない。その情念は、人間を通してではなく、直接、むしろ肉体的に、コスモスにむすびついている。青年の時代は肉体の時代なのだ」（圏点著者）という谷川俊太郎の逆説的な言説を、石原が繰り返し引用していることは前章で述べた。

青年こそが、現実に見える世界と、自らの内部にある精神状態のアンバランス、矛盾を鋭く感じ取り、既存の社会に対して革命的に行動するのだということだったが、「直接、肉体的にコスモスにむすびついている」とは、どういうことであろうか。

失われゆく家郷と、嫌悪を主題として書き上げられた、今ひとつの大作『刃鋼』には、主人公、少年卓治が因縁をつけてきた三人のチンピラたちを、唐手で打ち倒す場面がある。

「この、野郎」。相手は何故か上ずった声で叫び、私の襟元を圧えるように摑んだ。相手の叫ぶ息が顔にかかった。私はゆっくりと、が、強くその手を払った。相手は何か叫び、吐息よりももっと固く熱いものが耳元を過ぎた。
その時、私の五体は私の意識や知覚を離れ、ひとりで動いたのだ。体を開きながら私は蹴り上げていた。(中略)暗く狭いながら、その路地の地面の一点に確かに支えた軸足の上の体を回転させて、瞬間に力一杯縮めた足を同じ瞬間に力一杯相手に蹴込んだ。(中略)相手は飛びもせず、暗く、重くその場に崩れた。次の瞬間私は横へ飛び、もう一人を右の拳で教わった通り突いた。

(『刃鋼』七八―九頁)

こんなものは暴力シーンだといえばそれまでである。そういうことよりも、軸足がぶれることなく、鍛え上げられた身体動作が身を守るという、この姿は、石原が好みとする人間の理想類型のはずである。一橋大学で南博から社会心理学の手ほどきを受けた際に学んだのだろう、デイヴィッド・リースマンが描いたジャイロを内蔵した人格である。後年、石原は自著の評論の中でこうした人格形成を「鉛直倫理」とくりかえし呼んでいる。
リースマンは、『孤独な群衆』(一九五〇年)で人間類型論を展開した。近代以前の伝統と慣習に従う伝統指向型、ジャイロを内蔵した自立個体の内部指向型、レーダーのように周りを見ながら自分の行動を決めていく他者指向型に分類し、工業化を可能にした創造的な企業家の出現として捉えられる内部指向型人間に対して、工業化社会以降の物質上は豊かな消費社会において、つねに他人のことだけが気になる外部指向型人間に見える想像力の枯渇を問うた。

言い換えれば、ジャイロを内蔵した強い個の称揚である。石原の哲学は、晩年に至るまで、鉛直倫理を備えた人間類型の称揚が繰り返し説かれている。だが、単純にそうした倫理価値があって、それを鋳型に流せば、それに合った意識が形成されるというものではない。知識だけの教育ではできないであろう。

意識や観念を、極端に忌避するところがある石原には、自立とは、意識や観念、あるいは価値によってではなく、引用した場面が表しているように、まず身体の力動があると見ている。それは、ヨットマンの石原ということでもあろう。すなわち、ヨットとは、「当節の金持ちの親馬鹿が子弟に買い与える外国製の高級車などとは全く違う」（『弟』六六頁）ということにある。サッカー、テニス、ダイビングなど、スポーツに多才な石原であるが、ヨットは弟裕次郎とともに、彼らの生き方を決めた。

操舵は、風、波、星という自然世界と、人の身体感覚のアンサンブルであろう。『星と舵』（一九六五年）はじめ、生きるということの類比以上のこととなっていった。

もうひとつこんな例も挙げることができる。弟石原裕次郎は、戦後日本の代表的な映画スターであった。彼の人生については、『弟』に詳しく描かれているが、その中にこんな件がある。

彼が井上梅次監督の『明日は明日の風が吹く』という作品に出ている時、他の所用で世田谷の馬事公苑のロケ現場を訪れたことがあった。

丁度弟の出番は休みで、ロケ隊をちょっと外した道端の草むらに腰を下ろして話し込んだ。ところが私たちの斜め向こうに土地のちんぴらが四人やってきていて、何やら粋がって弟の名を叫びながら手招きしている。話を終えてスタッフの近くに戻りかけ背を向けた弟に臆したと思ったかさらに嵩にかかって、「ちょっと顔貸せよ」とか、「ぶっ飛ばしてやる」とか口汚くいってくるので、

「あんな奴らかまうなよ。うるさきゃ警察を呼んだらいい」

私はいい、出番が近いのか二人の様子をみにきたアシスタント・プロデューサーも、

「ほっといた方がいいよあんなの」

いわれて弟も頷いてカメラの近くまで戻ったが、一度腰を下ろした弟にちんぴらがまたえげつなく毒づいてきて、顔色を変える弟に周りが気遣ってはらはらするのを、弟は弟でいらいらして我慢しているのがわかった。

そしてまた仲間の誰かにたしなめられ、天の邪鬼の彼がそれでさらにかっとなって、何か叫んで立ち上がり彼等に向かって飛び出していこうとしたら、その途端うっかり忘れていた足もとの小さな水溜まりに足を取られて転んでしまった。

それを見て、弟が臆して転んだと思ったのか連中がもっとはやしたてた。次の瞬間立ち上がった弟がもう誰も止める暇もなくまっしぐらに彼等に向かって走っていき、連中の退路を断つように逆側に回り込み、いきなり二人を右と左の拳で殴り倒し、呆気にとられているもう一人の股間を蹴り上げ（以下略）

（『弟』一七四―五頁）

あとは想像のとおりであろうが、まことに小気味よいと感じるか、暴力的と感じるかそれは分かれるが、『刃鋼』の場面によく似ている。

天性のもの凄い身体能力があってこういうことができるのだろうが、リースマンの人間像、すなわち古典的個人という像と明らかに違うのは、身体運動あってのその人の独立だという点である。リースマンの類型は、社会科学的な、内的な意識論や観念論による人の類型論でしかない。社会心理学のモデルとは異なって、行為の前提にあるのは、身体性、行動性だと考えねばなるまい。これらなしには行為はありえない。意識が行為を作動させるという観念論ではなく、初めに身体とその運動である行動があるということである。
身体性と行動性が、行為の基本性質だというのが、石原の作品の基調となっているはずである。

・星と舵

『弟』には、次のような件も出てくる。

やがて二人兄弟の私たちには新しい別の絆が育まれていった。それは父にせがんで買ってもらったヨットを通じて耽溺した、海だ。(中略)
当時のその金が今ならいくらになるかはわからないが、いずれにせよその買い物は当時の湘南地方では、当節の金持ちの馬鹿親が子弟に買い与える外国製の高級車などとは全く意味合いの違うステイタス・シンボルだった。
それはそうだろう、車なら借りれば免許なしでもなんとか乗れようが、ディンギとはいえヨットは誰にもそう簡単に乗りこなせるものではない。それが出来る私たちは家柄や財産なんぞと関わりなしに、湘南にあってはまぎれもなく選ばれた者だった。

(『弟』六六―七頁)

多少鼻持ちならぬようにも感じるが、ヨットを乗りこなす、すなわちこの道具を使いこなすために、操舵法ということ、それは機械操作にとどまらず、自然、それは海であり風であり太陽であり星であり、それらの変化を読み取ることが不可欠だということだろう。

小説『星と舵』は、石原たちが一九六三年のロサンゼルス―ホノルル・トランスパシフィック・ヨット・レースに参加した経験がもとになっている。最近の『私の海』（五五―六四頁）には、当時の写真も収められている。

そして『星と舵』には、天測法について、『太陽出没本位角法による自差測定法』を読み習得する意味まで書かれている。

僕が日常書いて扱い、また僕の同業者たちが書き出し、僕の周囲に溢れているあの文章たち。それらは、僕をただ焦だたせ、虚しくさえするが、ここに記された文章は、雑多な情念の色彩や、精神の乱響音を伝える代わりに僕にこうして昇っていく太陽と僕と、彼の支配している宇宙の関係を、実感だけではなく、事実として証しだててくれるのだ。

それは、日頃僕が読んでいる多くの本が決して与えてくれることのない、確実な贈りものだ。

それは、奇蹟的に簡単に習得することの出来た外国語のように、僕に向って突然、これまで想ってもみず不可能に近かった宇宙の天体たちとの会話を可能にしてくれるのだ。

（『星と舵』一一七頁）

人が自然と交信するときの、人の側の言葉ということであろう。ヨットをつうじて、外側にある自然と、人との交信はこうした天測法という人の側の叡智とその体得にあるということになる。「肉体的にコスモスにむすびついている」とは、こういうことなのだろう。

・天使の羽音

『肉体の天使』（一九九六年）は、天才ライダー片山敬済がモデルであり、この天才ライダー「私」を主語にした一人称小説である。読み手はこの天才ライダーの語りをつうじて、この人のライフヒストリーと、そこに鏤められた生きる技法を、常人にはやってみることなどできないが、具体的に思い浮かべていくことができる物語である。

「もともと他人から強いられて考えることが嫌いだった。子供の頃から勉強が、学校へいくことそのものが嫌いだった。何がといって黒板ほど嫌なものはなかった」（『肉体の天使』四四五頁）

という件から、日本人初のグランプリ受賞天才ライダーが自らのライディングを語っていく。

こんな場面がある。

一九七四年の鈴鹿の大会で私は予選でも連戦連勝していた。当然本戦のポールポジションをとって試合の開始前真っ先に選手紹介を受けた。（中略）斜め前方に海が見えた。陽に映えて淡い青色に輝く海だった。鈴鹿でもう何度となく走っていながら初めて見る海だった。

「ああ、あれは伊勢湾だ。豊津浦あたりだろうか。（中略）」

そして突然悟ったのだ。

「今ここにいる者の中で海を見ているのは、あれが見えているのは俺一人だろう。（中略）」

そして私は、今日のこれからのレースで自分が間違いなく勝つことをとうに知っていた。

（中略）

人は不遜ととるかもしれないが、決して高ぶった気分ではなかった。（中略）

そしてあの時私は初めて、試合場を包むもっと巨きな世界の中に、自分こそがその芯となって在るのを感じていたのだった。

それは最高のライディングの中で車輪のただ一点として自分を感じつづけるあの感覚を、さらに私の生命に重ねて感じさせる揺るぎない存在感だった。（中略）

その日のそれからのレースは完璧だった。試合の中で私は自分の作ったコースレコードまで塗り替えた。

そしてもう一つ、あの日ライディングに関して未曾有のことがあった。私だけがあの時あの遠い海を眺めていたということに関わりあるに違いない。

スタートフラッグがふり下ろされ車が最初のコーナーにかかる頃から私は音楽を聞いていたのだ。生まれて初めてのことだった。


(『肉体の天使』四七三―四頁)


この音楽は、天使の羽音、神の声だ。達人の境地に達した者に、そしてそうした人にも、あるときにしか聞こえない。邪念となる観念や思考いっさいが消え、「それは完璧な行為が獲得されることで初めてもたらされる真の存在感覚だ。それこそが実在の精髄というものだ。肉体の神秘のみが証す、言葉によるどんなに凝ったレトリックだろうと説明できぬことを、ある技に関しての解脱と会得は直截に神秘として伝えてくれる」(『肉体の天使』四六七頁)。

極意の水準にある言葉の体系であり、言葉の最も象徴的な本質として音楽が流れるということであろう。音楽が聞こえてこない時のライディングと比べてみると、その差異がよくわかるともいう。観念あるいは概念に頼った反省がはさまって、自らの存在を感覚として捉えきれていないのである。

逆にいえば、「なまじイメイジを引きずって走るとライディングは必ず阻害されてしまう。自分が行おうとしている行為についてのイメイジなどしょせん自意識のもたらしたもので、人間は往々自意識と体がまみえなくてはならぬ現実の間の誤差に気づかずにいてしまう。つまり自分が作ったイメイジに酔って縛られてしまうのだ。そしてその誤差のもたらすものは、ある時には端的にイメイジを追って行為する者の死ともなる」(『肉体の天使』四七六―七頁)。

後述(7章)するが、石原は、これを舞踏の場合に表している(『光より速きわれら』一九七五年)。すなわち、踊ることは、まず静止することから始まらなければならないし、書かれた言葉、規則を理解して行為することでもない。

そういう達人の私であったが、事故により転倒、それがもとで引退した。イタリア、イモラ・サーキット、二四〇キロを超える高速でカーブにさしかかった、千分の一秒という単位で私は他の車が落としていたオイルのしみを視認していた。しかし、これを避けることができなかった。転倒に至るまでのライディングの描写、そして転倒後、私が生還していく過程描写は、実写を超える言葉の表現力が駆使され、この小説全体の圧巻部分である。

というのも、転倒は、普通であれば死を意味していたし、観客もそう信じた。両足四カ所を骨折するが、実は転倒後、金属フェンスに激突するまで滑っていくきわめて短い間に頭をかばうために体の向きを変えていっていた。そしてそこから、新しい私の人生が始まるからである。

引退後、私は、さる映画制作者と映画監督にこのサーキットの場面の映像を見せられる。面白いのは、二人が、この転倒に本質を見抜いていたことである。そして、映像を見た私は、そこに違う私を見出すのである。

同じものを二度見届けた後、戻った明りの下でたった今見たものを体の内で反芻してみた。その時私は不思議な自分を発見したのだ。私は初めてライディングについて怖れていた。
（中略）
レースでの自分自身の映像を目にしながら、レースでは決して見ることのなかったものを私はようやく今になってはっきりと目にしていた。それは画面一杯にたちこめた死であった。
（『肉体の天使』五〇九頁）

観客は死を見ていた。ライダーという演技者と、その観客という関係は、ライダーの道を極めていった私には見えるものではなかった。それは遠くの海であり、そしてほのかにひとり聞こえてくる天使の羽音であった。しかし、そうした私が、置かれた客観化された状況で、私の行いが死の色を塗られて見られていたということだった。

ここで石原は、肉体について、石原自身と三島由紀夫との差異を、三島由紀夫『太陽と鉄』

から引用しながら批判的に展開している。

存在している自らと、その自らを自ら見ているという自意識、これらにある決定的な差異である。自らが味わおうとする、その耽溺する存在感は、自らのまなざしか、他人からのそれあるいは言葉に支えられてありうるものでしかない。これは、ライディングが一点に支えられていると感覚していることとは決定的に異なる。

そうした自意識が消え去った身体感覚の極意こそ、時に天使の羽音が聞こえる状態であり、外側から祝福されるかどうかはわからない、まったく別の次元、別の世界に跳躍《リープ》して凌駕超越している。そうした存在感を完全なものとして、事前に肉体そのものに求めようとすると、それはまさしく破滅することである。

私の転倒とその後の瞬間のプロセスを、まさしく生還だと理解した映画プロデューサーとディレクターの二人も、その点で映像の世界における本物、プロだった。そして彼らが期待したのは「本物の」転倒だった。それは、観客に死さえ信じさせるものでなければならない。だから彼らは、本物のライダーをスタントマンとして迎えたのである。

転倒せずにライディングすることを求めてきた私に、転倒、しかも本物の転倒を求めるというのは、逆説的であるが、この逆説に論理性がないわけではない。

身体活動を極めるとは、肉体を見せることでもないし、それに酔うことでもない。すなわち、

「スポーツの観客が眺めにやってくるのは選手の肉体じゃない、彼等の筋肉じゃない。君らは裸じゃやサーキットを走りはしない。彼等が眺めにくるのは君たちの体の動きを作る技なんだ」（『肉体の天使』五三六頁）。

観客と競技者（演技者）との間には、映画の場合、さらに映像という媒体が介在している。映像が媒介し映し出す物理的形象ではなく、その動きそのものであり、「技」なのであり、それが見えるのが本物である。

この本物は、イモラ・サーキットでの転倒からわかったことである。「死んだ」と皆が信じたが、実は死んでいないという逆説にそれはあった。「死」の現存在が、「不死」の実在に依拠していたところにあった。スタントマンとしての演技に求められたのは、生きて死ぬことを行うということだった。

ライダーとして正真正銘の本物に到達した私には、これができる。また、このことを見抜いている彼らにもそれがわかる。そしてこの「本物」への到達、あるいは獲得は、選ばれし人にのみ可能だ。

「その歓びは自分の肉体の中に突然孵化した天使の羽ばたきを聞くようなものだ。（中略）」

「いってみれば第七感ともいえる肉体の本能は、もちろん天与のものであるはずはない。

因果なことにしょせん自分で培ったものでしかない」

（『肉体の天使』四四七頁）

こうした内的なコミュニケーションは、それをわかる人だけのコミュニケーションを可能にする。私は、当時世界的なライダーであったケニー・ロバーツに尋ねたのである。

「そういう君は、音楽が聞こえるかい」

（中略）

「そうなんだ、時々音楽が聞こえてくる。出来たらいつもいつも聞きたいと思うけど、そうなったら神になれたということかも知れないな」

（『肉体の天使』四七九－八〇頁）

極意に到達した人、選ばれし人たちの間だけでのコミュニケーションということだ。こうしたことは、その水準に達していない人とのレースでは、ライダーの場合しばしば事故、そして死につながる。スタントマンの場合も同様である。「だから果敢とか剛毅、あるいは冷静などといった観念の作る内的な状況だけでは技でのステイジの向上はあり得ないし、習得すらが危ういのだ」(『肉体の天使』四七一頁)。

まさしく自意識の魔ということである。ここからいかに解脱するかが、またそうできることが、選ばれし人への道ということである。何かしたことの帰属点が「私」だという自意識を滅却できるかどうかということである。

2. 老けぬ青年主義

『肉体の天使』は、一九九六年の作品であるが、石原の作家活動はまったく衰えることを知らなかった。

大作『火の島』が上梓されたのは、二〇〇八年のことである。石原は、東京都知事三期目に入り、東京オリンピック招致を掲げていた。そして七〇歳代半ば超えていた。しかしながら、それに続いて二〇一〇年には『再生』も書き上げる。ともに、人生そして愛の作品ということができる。『火の島』は、悲恋の物語であるが、天使の羽音について語り合える二人と似たコミュニケーションが別なふうに描き出されている。

そして『再生』は、実在のモデルのいる人の半生を、一人称で小説にしたものである。石原が、これらの作品で、『亀裂』以来の問い、(一)現代に於ける純粋行為の可能性、(二)現代に於ける人間の繋り合いの可能性、言い換えれば恋愛に於ける肉体主義の可能性、という根源的問いについて、ひとつの到達点にたどりついたと私は考えている。

『太陽の季節』という分析的で実験的な小説は、『肉体の天使』で主題化し抽出した身体の感覚性という抽象水準でさらに陶冶され、最終的には綺麗な愛の理論へと展開していき、たいへん精巧な文学へと完成されていったと私は考えている。

・小説『火の島』

『火の島』は、『刃鋼』の続編のようにも読んでみることができそうな展開がある。そういう点では、怖いところもあるが、その第二章、ピアノを弾く東京からやってきた少女礼子と、楽譜を読めぬがページめくりを頼まれた島の少年英造との小さな恋のメロディーが描写されており、恋愛の音楽性、すなわち相互作用が音楽を介したチューニングによる一致を生むこと、それは楽譜を読めずともひとつの音楽の中に互いに入り込むことができるということのアナロジーとして愛が描かれている。

これは、『太陽の季節』以来のテーマ「恋愛」である。観念と概念で語りすぎると消えゆく純愛の存在である。

舞台は、三宅島。出会いは、小学五年生礼子と中学二年生英造という関係。向井礼子は、父親が三宅島の灯台に赴任したことで東京からやって来た。ピアノを習っていた。島での生活が始まったばかりで、家にまだピアノがなく、中学校のピアノを弾かせてもらっていた。その音に惹かれ、窓から覗いたのが漁師の次男浅沼英造。


「楽譜、読めるの？」

聞いた礼子に、

「読める訳ねえ。でもお前は全部わかるんだろ、英語とどっちが難しいのかな」（『火の島』一一〇頁）から始まる小さな恋のメロディーである。この作品の圧巻部分であり、綺麗な相互作用が描かれている。

長く難しい曲を練習するにあたって、楽譜のページをめくって欲しいと英造に頼む。楽譜を知らぬ英造だったが、繰り返していくうちに、「指が進んでいくにつれ、読めもしない楽譜を懸命に彼もたどった。聞き慣れた旋律が流れ出し、何かに賭けたかのように彼女の指が今までにない強い抑揚で曲を弾いていくのを聞きながら、彼は自分の体の中にある楽器を一緒に弾いているような錯覚の中で立ち尽くしていた。

演奏は進んでいき、彼の耳にもはっきり感じられるほど、さっきに比べ彼女は居直ったように大胆に弾きつづけ、彼もまた最初の頁を彼女の合図も待たず楽々とめくりその後につづくハードルを彼女も簡単に越えていった」(『火の島』一一九頁)。

二人を結ぶものは音楽。そしてこのシークエンスは、音楽が楽譜を読めるか、読めないかではない営みであることをよく教えてくれる。ちなみに、社会科学においてこのことを、やはり美しく主題化したのは、アルフレート・シュッツであるが、音楽のチューニング・インのみならず、石原の作品では、さらに恋愛が重ねられている。

こうして出来上がっていった英兄ちゃんと礼ちゃんの関係は、たいへん綺麗な文章でつづられている。しかし、この綺麗な関係は、噴火により無残にも断ち切られていくことになってしまう。

・小説『再生』

『肉体の天使』において徹底的に描き出された、身体感覚が行為の作動を支える点であり軸だという前提は、五感がいわゆる健常者だとされる人間の場合である。

石原の長い作家生活で驚嘆させられるのは、一貫した問いについて、実にさまざまな事例にあたり分析し、これを文学により表現描写し続けてきたことである。気の遠くなるような長い期間にわたる知的好奇心の持続とそれへの誠実さであり、教えられるところは限りない。

『再生』（二〇一〇年）は、視力と聴力を失った人を取り上げている。この作品も、『肉体の天使』同様、実在の人をモデルにした一人称小説である。福島智東京大学教授がモデルである。牛眼により五歳のとき右目を摘出、九歳のとき左目も摘出。盲学校在学中に左の耳が聞こえなくなり、そののち右の耳も聞こえなくなる。誰よりも母親の愛の力が大きいが、この人は前に向かって生きていく。大学で学び、研究者をめざし、結婚をし、学位を得て、金沢大学准教授をへて東京大学教授に迎えられる。

天才ライダー同様に選ばれし人には違いない。だが天才ライダーの場合、己の観念を捨象し、鍛錬により到達した天使の羽音が聞こえるという境地は、五感を研ぎ澄まし、筋肉を神技の発現点としていったことにある。これに対して、盲聾者の世界は、意志と鍛錬により内的に研ぎ澄ますそれを超えている。

盲聾者は他人と触れあっていない限り、完全に静かな完全に一人きりの世界にいるのです。しかし誰かと会話が通じれば閉じ込められていた壺の蓋が開いて現実の世界と繋がることが出来る。完全な孤独から他人のいる現実の世界にいわば呼び戻される。それは気を失っていた人間の蘇生にも似ていると思います。しかし自分一人の意思だけではそれはおぼつかない。

（『再生』七八頁）

哲学者は、モナドとして、さらにモナドとモナドとのコミュニケーションが、いかに可能であるのかを主題にしてきた。ただし、フッサール『デカルト的省察』でも、そのモナドは、外を見る覗き窓を持っていた。そしてモナドという単子体も、そもそも現象学的還元という観念により作り出されたものだった。しかし、この主人公「私」は、光と音を失っている。その状態は、いわゆる「健常者」なる人にはまったく想像できない。

目と耳の感覚を失い他者とのコミュニケイションが断たれるということは、今までいた世界を失うということ、生きてはいても完全に自分一人ということ、それは果たして人間として在るということなのだろうか、と。

（中略）

そんな日々の中で家族に、特に母に手をとられて出かける時だけは、自分の存在なるものをかろうじて信じることが出来るような気はしていましたが。

（『再生』六八―九頁）

音を失い、こうした状態になった子に、母親は、ふとしたことから、後に「指点字」と呼ばれ、広く普及する方法に気がつく。盲人が使う、点字タイプライターを使って、母と私は会話をしていたのだが、あるとき彼の背中にタイプライターの指使いを打ったところ、それがそのまま通じたことに始まる。

点字タイプライターのキーを習熟していれば、指をつうじて、空気振動が鼓膜を振るわすのと同じように、指が代表する記号が伝わるということを体験する。この発見は画期的であり、盲人相互のコミュニケーションが大いに活性化されるのに寄与した。

ただし、これは一対一の対面コミュニケーションである。三人以上の関係になると、ただちには難しい。しかしながら、これも主人公「私」と、その友人たちの会話の中で克服されていく。親しくなった、やはり盲人女性の友人が、盲人同士のコミュニケーションを、指点字で私に伝達するという関係が、やはり偶然生まれたのである。私だけが、ここにおいて聾であったので、盲人二人の言葉をつうじてのコミュニケーションは聞こえない。これを、彼女が指点字で伝えてくれるということであり、彼の言葉が指点字を経て私に伝わるということである。

対面コミュニケーションが、その一対一の関係から、一対複数の水準へと拡張していくのである。

会話そのものはいかに他愛ないものだろうと、私は私自身が会話の当事者ではない会話にも参加することが出来ていたのです。それは自分が間違いなくこの世界の中に在る、彼等と同じようにいるのだという実感でもありました。

（『再生』八二頁）

社会を知覚するとは、こういうことをいうのだろう。盲聾者は、残された感覚器をつうじて知覚をする。しかしながら、光と音という、最も基底的な媒体の不全は、触覚をつうじての接触がないとしたら、独りでぽつんといるという状態であり、それはいわゆる健常者が自ら沈黙することや、孤独に陥るということとは本質的に異なっている。

先に引用したように、生きていながら、自分が存在していないという感慨、ひろい宇宙にひとり放り出され、さらには死と間近に接した状態に陥ることになる（『再生』九五頁）。この意味で、「盲聾者にとっては他者とのコミュニケイションの欠落は精神が死んでしまうということ」（『再生』一〇八頁）だということになる。

ここで何よりもわかることは、コミュニケーションが精神に先行しているということである。主人公「私」は、大学院を修了し非常勤講師の職を得て、専門学校で教壇に立つ。そこでの熱心な教え子のひとりと、後に結婚をすることになる。

しかしこの場合にも、盲聾者の場合、特異なことがある。なぜかといえば、「愛なるもののとっかかりはいろいろあるでしょう。相手の外見、才能、見識。それらはやはり視覚、聴覚を経て伝わり受け入れられるものでしょうが、私にはその能力はありません」(『再生』一一七頁)とある。

『太陽の季節』について触れたところで(3章)、愛は、体験と行為の非相称的な関係を構造化していく媒体であるとした。愛を感じるのは、この引用にあるように、その視覚、聴覚に代表されるまずは知覚に基づいている。自分にそう感じさせた相手への好意、すなわちその知覚を今一度、相手に私がそう知覚していると、やはり知覚させることになる。私の知覚を相手が知覚体験し、それを私が、また知覚体験するという関係は、言葉を介して行うも、あるいは愛撫をしつつ行うも、そうした行いで知覚体験そのままが伝わっているかどうかはわからない関係になっている。

繰り返し愛するが、その行いが通じないということはしばしばあり、何もしないが通じるということもある。こうした知覚体験と行為の特異な関係が「愛」という媒体を可能にして、人を結びつけていると考えられる。しかしながら、このコミュニケーションを可能にする媒体は、その前提に知覚を引き起こす光と音という、より基底にある媒体を感覚器で捉えることができるゆえ、そういうふうに観念や理論で考えることができるものである。

ここでの主人公「私」の場合にも、子どものときに光をそして音を知覚してはいた。しかし今はそれがない。私はいう、視覚、聴覚によって相手へののめりこみ、重なり合いを超えた何かが愛だと。

思いこみもあるかもしれないが、やはりそれを超えた、互いにとってのあるかけ替えのなさというものがなければ、結婚という人生の選択などあり得ないと思います。その意味では視覚も聴覚もない私にとっての彼女の存在の重さは、とにかく彼女の姿も見えず声も聞こえないのですから私の心の中だけで計るしかないのです。

（『再生』一一七頁）

これは、私の側だけではない、相手は視覚、聴覚を健常者として持っている。彼女の側からのこれらの水準での応答は、私にはそれらの感覚器を通しては伝わらない。それについて彼女はあとになって明かす。

「なぜ、といって、私はあなたよりももっと不安なんです」（『再生』一一八頁）と。彼女の側の不安も当然のことである。

愚痴のようなほんの彼女の独り言も、二人の場合「彼女が私の手をとって指で点字として打ちこまない限り私には通じませんから、愚痴ではすまなくなる。愚痴というのはあくまで健常者の間での特殊なコミュニケイションにすぎない」（『再生』一二八頁）。

石原は、『亀裂』以来の「現代における人間の繋り合いの可能性、言い換えれば恋愛に於ける肉体主義の可能性」という問いについて、ここにおいて、ひとつの結論に到達したはずである。

肉体ということの意味である。視覚、聴覚を介して相手を体験することがなくとも、愛は可能である。この私と彼女の場合には、指点字を介して、すなわちそうした水準での知覚応答をつうじて、相手を互いに捉えることができるということである。これは、接触を通じてのいわゆる性愛に還元できるものとはまったく違う。そうではなく、今どこかの感覚器をつうじて交信し互いに相手と共にさらに生きていきたいという関係である。

「結婚ということは共に人生を生きるということで、その相手への本当の理解といおうか、相手のあるものを見て見ぬふりをして過ごすという、ある種の寛容さがなければ出来ないことだと思う」（『再生』一二九頁）。これは健常者同士の結婚でも同じである。ただし、つねにいつでも喧嘩も含めて応答が自由にありうるのではないとき、彼らを彼らとしてつながり合わせることを可能にする交信を続けたいという思いが、愛ということになる。結婚後、彼らにも危機があった。家を出て行ってしまった彼女に対して私は自問する。

「夫婦喧嘩の中で私は一方的にまくしたてても、私と同じように話すことも出来る彼女はそれに応えるために、あくまで指で点字を打つという、普通の会話に比べればまだるこい術で答えなくてはならない」（『再生』一三九頁）と。

しかしながら、これは決してこの私に障碍があるということで、健常者の彼女に卑屈になるということではない。「私が否定したいのは、能力の差とその人間の存在の価値や意味を連動させて相手を捉えることです」（『再生』一四九頁）と。

愛が媒介する関係では、この差別は絶対に感覚されることはない。これが感覚されるとしたら、愛はすでに破綻している。それはいわゆる健常者かどうかという問題ではない。

そう思ったら、自分の身に比べて他人をうらやましいと思ったら、その瞬間私の存在が消えてしまいますからね。見える、聞こえるということを羨ましいと思ったら、もう生きてはいけません。盲聾者は、聞こえさえすれば、見えさえすればと思う、そのための「さえ」という助詞さえ使えないんです。生きるためには人を羨む感情を無意識のうちに殺しているのだと思います。

（『再生』一五一頁）

おそらく彼女も無意識のうちに殺している何かがあろう。愛が媒介しているという状態は、意識してそういう関係になっていることではない。この意識よりも前に、互いが、ある形での交信と応答を続け相手を確認している関係をすでに愛は媒介している。しかも、その場合、シンボル化されて交信する互いの心は、そのシンボル化され伝わる結果と完全に一致しているかどうかはわからない。これは、健常者が、聴覚と視覚を働かせて交信している場合もやはり同じはずである。

愛が媒介するとは、交信し相手を相手として感覚し続けているということである。そのコミュニケーションで交わされている相互の思いは、最終的には暗号である。その暗号が正しく解読されたかどうか、それは神のみしか知らない。解読結果の成否ではなく、交信が続き相手を相手として感覚し続けるという状態が愛ということなのである。

・石原文学における「愛」の到達点

ライダーとバイクの関係は、ヨットにあったことの延長にあろう。身体と道具の関係である。『再生』は、視覚、聴覚を欠いた上でのコミュニケーションが主題となっており、母と子、夫婦、そしてそもそも人とは何かということも問われている。紙媒体を介した文字でもなく、空気を媒体にした音声でもないコミュニケーションが可能であり、愛とは何かを描き出している。『亀裂』以来の、人と人をつなぐものは何かという石原の一貫した問いは、この作品において、はっきりとした結論に到達したのだと私は思う。

視覚、聴覚を介して相手を体験することがなくとも愛は可能であり、どこかの感覚器をつうじて交信し互いに相手と共にさらに生きていきたいという関係こそ、愛にほかならない。これは、愛撫し触れ合って感じ合う性愛などとは根本的に違い、もっと高次に昇華されたところにある。

『火の島』における映像のような描写、それに加えて『再生』における分析的な描出は、当時東京都知事在職中、しばしば強面で登場する戦士石原とはまったくの別人がいるかと思わせるほど、文士石原の誠実な存在を教えてくれる。そういう点でも、石原は、純愛、プラトニックラブに恋をしているはずである（3章）。恋愛における行為の純粋性がどのように可能なのかということが、『亀裂』以来の主題であった。これを現在まで半世紀以上にわたって追い続けてきたのである。

第七章　人を描くその時の時

1. 人称の選択

天才ライダー片山敬済の半生を描いた『肉体の天使』、盲聾を超えて東京大学教授となる福島智を描いた『再生』、本書では触れてはいないが末期癌患者の闘病と超克、さらに家族ということを題材にした『生還』（一九八七年）などの中編小説は、それぞれたんなる人生物語を超えて、身体運動そのものを分析的に捉え返し描き出していく作品で、分析哲学的でもあり、一人称私が語っていく形式となっている。

石原の作品数が膨大であるので、全体を考えればその割合は小さくなろうが、一人称小説の使い方には独特の意味がありそうである。この人が、まさしく「人」に興味があり、その時々に知った人を、好奇心により描き尽くそうとしてきたことはたしかだろう。

それらに実在のモデルがあるかどうかよりも、そうしてありうる「人」を創作して描き出していくことで、読み手は、なるほどそういう「人」がいるのだと感じ入ることができる。ただし、これらに共通して思うことは、描かれている人が、ジャイロを内蔵して生きているということである。

・小説「公人」と「ある行為者の回想」

賀屋興宣がモデルである「公人」（原題「桃花」・一九七三）、野村秋介がモデルとされる「ある行為者の回想」（一九九二年）は、日本の政治世界とかかわる物語である。国会に議席を持つ政治家となったときに、三島由紀夫がはなむけの忠告としたという、「政治小説を書くな」、「芸術的な政治を行うな」という文句があったという（『亡国』下巻五三二頁）。

さて、これら二つの短編を取り上げるのは、どちらも一人称で描くこともありえたように思うがそうなっていないからである。後者「ある行為者の回想」は、「私」という一人称で描いてあり、『肉体の天使』、『再生』、『生還』、そして後述する『刃鋼』と同じであり、ひとりの人を描こうということがよくわかる。これに対して、前者「公人」は、それも可能であったようにも考えられるが、「彼」あるいは主人公の名「清胤」という三人称で描いてある。それはなぜかと考えてみたい。

賀屋興宣を描いた「公人」は、幼なじみの清胤と美穂、その後それぞれの人生を歩むも、官報を介して互いの消息を見知り、互いに密かな初恋を思い遣るという仕立てで、官報の人事消息が、恋愛のコミュニケーション媒体であったという、たいへん綺麗な物語である。石原が賀屋自身から聞いた実話をもとに創作した作品だという。

主人公大蔵省の高級官僚清胤と、ヒロイン美穂とは、田舎の高等小学校での同級生。手もつなぐことはないが、心にほのかに思い合う二人。

それぞれの人生があり、清胤は、一高、東大と進学し、美穂は、旧制高等学校のフランス語教員に嫁ぐ。清胤、美穂の夫ともに官吏であり、『官報』の人事異動公告に消息が載る。その異動公告を介して、互いの状況を想像し合い、あの頃を想い起こすという、擬似的ではあるが同時性を確認していたことを、年老いて同窓会で再会した時に打ち明け合って互いに知り共に懐かしがるという、その純粋さに光があてられている。

たいへん綺麗な共時性を描く、それゆえに彼と彼女の三人称の相互関係ということになるのだろう。理論的には、清胤一人称ということも可能だったようにも思う。

というのも、石原は賀屋と、個人的に親しい関係にあったという。そして同時に、石原は、賀屋の財務官僚としての能力にきわめて高い評価を与えている。文官で戦犯とされる二人のうちの一人であるが、その財政能力が戦争を継続させたという点では逆説的な評価も可能な官僚とされるなら、それゆえに、これは想像だが、この傑人には成りきろうとは考えなかったのだろう。そして愛がつなぐ二人の関係は、『火の島』の小さな愛のメロディーとよく似ている。一人称では、愛のシンメトリーを描くことは難しいからだろう。

もうひとつの短編である「ある行為者の回想」、そこにある「私」は、民族派の活動家野村秋介だとされる。「される」というのは、作品それ自体の末に「この作品は過去のいかなる実在の人物、いかなる事件とも関わりありません」とあるからである。

作品は、たしかに相当にフィクションが織り混ぜられていると考えられる。すなわち、野村氏と関係が知られる事件は創作のモチーフにはなっていようが、この人物が進んでいった道とは違った行動主義を、石原は描きたかったのだろうと想像する。モデルと考えられる人のリアリティよりも、その「私」をつうじて描かれた出来事の方に光をあてリアリティを結ぼうということなのだろう。政治家邸宅放火、経団連会館人質籠城などに含意されていることである。

そして次のエピソードは、もうひとつの点で、石原作品に特徴的である。

戦後まもなく「校長以下実は教える当人たちもよくわかってなかったようだが、自由主義と民主主義はいかに違うのかなど」について聞かされた学校のある授業で、教師がもっともらしく戦争批判をして、特攻隊で死んだ人間は皆無駄死にで馬鹿だと言ったことに対して、主人公の私は食ってかかったという場面である。

「私」は、描かれたモデルの私ではなく、実は石原自身であろう。どうしても、映画『俺は、君のためにこそ死ににいく』（二〇〇七年）を制作せねばならなかった石原である。そしてこの「君」も、間違いなく愛する「あなた」であるが、ここでの主題は、俺と君という愛のシンメト

石原慎太郎による慰霊碑（知覧特攻平和会館）

リーというよりも、誰かが、それをせねばならなかった、それを選んだ「俺」ということである。そして、この映画の原点は、まだ三〇代になるかならない頃の石原が『巷の神々』で、知覧に取材に行き、そこで聞き見知ったことにある。

余談だが、私はこの春早く、鹿児島県の薩摩半島の知覧と言う町にいった。嘗つて陸軍特攻隊の基地であったところである。今は飛行場の跡かたもなく、冷たい春雨に菜の花が一面に咲き乱れていた。私はそこで、鳥濱トメと言う老婆に会った。

（『巷の神々』二五〇―一頁）

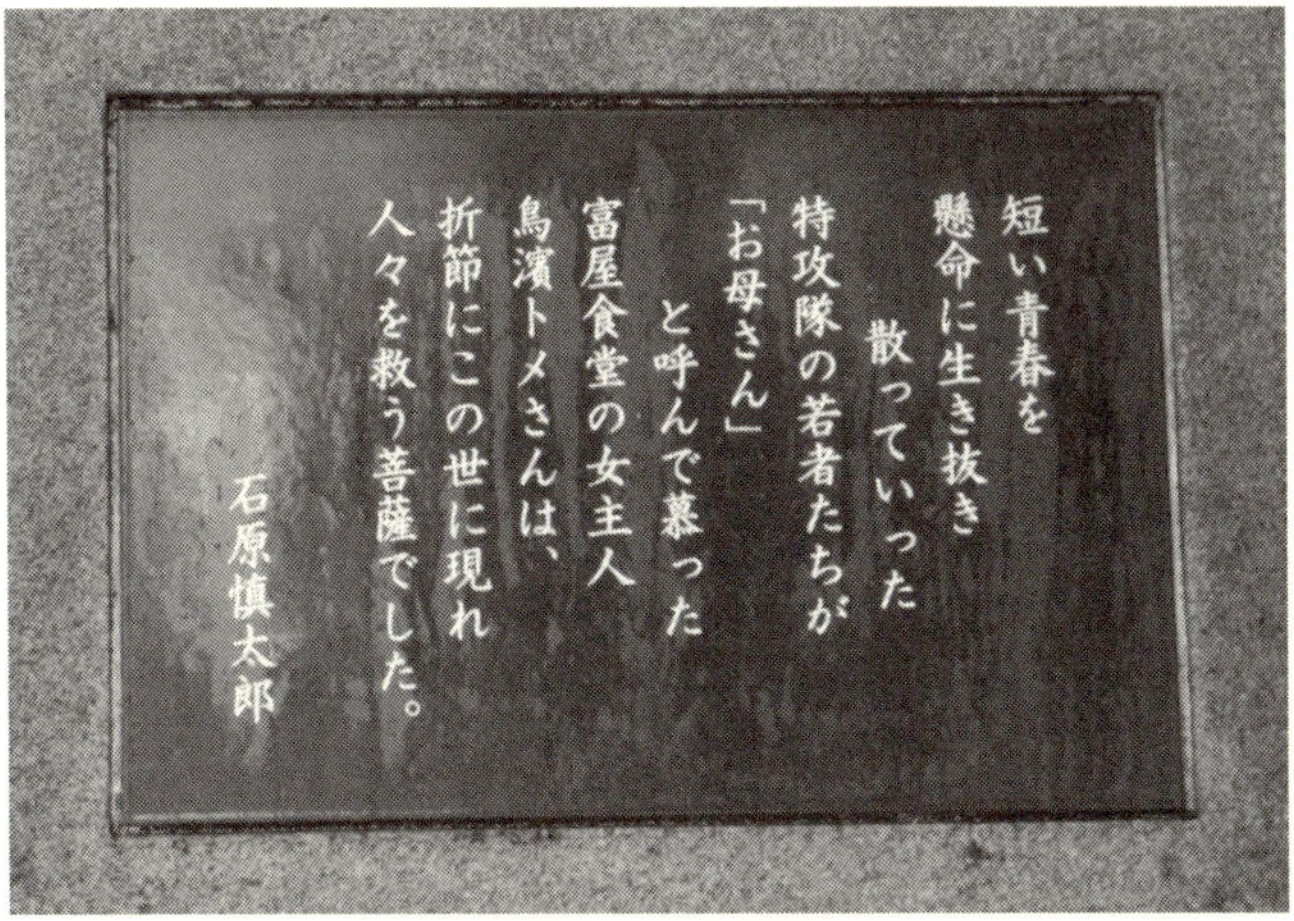

石原慎太郎による慰霊碑文

若い石原には、このときの体験が、たいへん強烈であったことは想像できる。『挑戦』や『日本零年』にあったナショナリズムのそれとは別の純粋性に心打たれたのであろう。そういう点で、「ある行為者」の人物像と、石原自身の体験とがずれて私には見えてしまう。それゆえに、実在のモデルとされる、ある行為者に成りきるというよりは、モデルを介して石原が「私」あるいは「俺」に現れ出ているということなのであろう。ある行為者のモデルとされる人と、石原のポジションに、行動主義についても明らかに食い違い、重なることの難しい齟齬と亀裂があったということなのだろう。

『肉体の天使』では、片山敬済の半生が描かれていたが、天才レーサーそのものの描写を超えて、それを見た石原の意見も表明されてもいた。この天才ライダーの身体性と、三島由紀夫のそれが念頭にあったようだが、ボディビルディングで作り上げた肉体を対比して、本物(genuine)とは、何かという問いがある。

見た目の表面的な美しさか、身体性が作り上げる時空の運動性に見える純粋さかという違いであった。スポーツマン石原は、この天才ライダーの私に成りきることも理想と考えていたかもしれないが、そうはしなかった。

『生還』の場合には、末期癌患者への抗がん剤治療への疑問と、病の超克とは何かということで描こうとした「私」、この「私」は、石原氏その人とは違う「私」に違いない。ただし、天才ライダーの場合と同じように、選ばれし者のみが知る、そういう人だけに見える、聞こえる、私は、そういう人であらんということは伝わってくる。

こうした関係は、「ある行為者の回想」で語る「私」の場合、そのようにではなく、もっと客観化されて見えてしまうのだが、そうではないだろうか。

・小説「光より速きわれら」

石原が、いろいろな手法で人を描いていくのには驚かされる。それは、人というその時々に見え隠れする様相を、単純に総合してまとめ上げるのではなく、もっと分析的で理論的に描き出そうということなのだろう。
例えば『光より速きわれら』（一九七五年）であるが、これは、良という名の、ある興行師が語っていく体裁で描いてある。暗黒舞踏の主宰者土方巽がモデルだとされる舞踏家と、この興行師との会話が軸になって物語が構成されていく。
『肉体の天使』、『再生』、『生還』とも通じて、身体と何かとについて大いに教えてくれる作品である。踊るというのも、ただ体を動かし踊るをイメージしてしまうが、そんなものではないことを教えられる。踊るということの本質は何なのか。

他の誰かにそれを踊ってみろといえば、それを踊ってみせようとして、すぐどうにか動こうとする。たった一人が動いて、そんなものが踊り切れる筈はない。まずじっと動かずにいるということから踊りの表現が始まるのだ。

（『光より速きわれら』一五五頁）

舞踏家と興業師は、広い花畑や、千羽の孔雀がいる状態を踊ってみることができるかと話題にする。そういわれてただちに「踊ってみせよう」と動くのではなく、まずじっと「動かず」いることができるか。この難しさにすべてがあるという。

本当の踊りというのは、肉体の物体化の限界に一度つき当たらなければ、次のどんな動作も出て来はしない。つまり、動くべきものが本当に動きはしないのだな。

（『光より速きわれら』一七〇頁）

言い換えれば、ぎっちりした窒息空間の中に自分を入れ、逆にその窒息空間をひきつけ、もっと縮めたり、或いは突然自由に思い切って拡げてみせる。それが出来れば、世界が体の内に入ったり、また引っくり返って外から自分を包んだり、どうにでもなる。ただ拡散とか凝縮とかそんなことじゃないんだ。

（『光より速きわれら』一五九頁）

踊り手が頭の中でイメージして、身体を作動させていく。つまり、空間を表現するということで、広がりがあり、収縮があるのかというと、そんなことではないということである。頭で踊るのではない。

踊りの中で自分の肉体の完全な管理が出来た人間にだけそれがわかる。わかるのじゃなし出来るのだよ。踊って、死にもの狂いで突っ立って屍体に成り切れた人間だけに、屍体とは何かがわかるんだ。

(『光より速きわれら』一六三頁)

屍体になることができなければならない。随意筋のみならず、不随意筋をも管理できることで、それが可能だというのだ。

この場面は、ポリオによる障碍のある二人の女性が、この舞踏家の弟子として登場する。舞踏家は、なぜそのように筋肉が痙攣し萎縮して、不自由に見えるかを、筋肉で語り、自らその痙攣をやってみせる。随意筋が動くとき、それに応じて不随意筋が、それを支えているという。にもかかわらず、随意筋だけで踊ろうとするから、不自由に見えるのだという。

興行師は、そうなら、なぜそのことを医者は知らないのかと問う。舞踏家は、すげなく「奴らは踊れない」と応える。筋肉を不随意筋も含めて完全に管理できる境地に達することが必要なのである。それはけっして頭で考えて管理するのではない。

あんたは筋肉というものを信じられないからそうとしかいいようない。舞踏するものは、肉体でしか、つまり筋肉でしか感じないし考えられないんだ。いいか、実際には、肉体を損って汚すのは観念や精神なのだよ。俺のいう感覚のエクトプラズムとは観念や精神から完全に離れた筋肉のことだ。それを捉え、その容れものでしかない抜け殻の自分を捉え切れれば、何分の一死んだり生きたりすることも自在なんだ。あの二人の大脳のどこかにウィルスの与えたショックなんぞ、筋肉を蘇らせることで逆に消えてしまう。

（『光より速きわれら』一六三―四頁）

「エクトプラズム」という語が出てくる。「心霊物質」という意味だが、石原の著作、例えば『巷の神々』（五九頁）にも出てくる。舞踏に見える、その筋肉運動が、見る者の筋肉運動に感覚として伝達されるということだ。石原自身、後年「常人が会得も獲得も出来ぬ肉体の極意というよりも秘儀を体得し備えた人間といえる」（「不可知なるもの」『石原愼太郎の文学6』五九四頁）としている。

極意という限界例に到達しそれを体得できる人間は限られている。この点で、この舞踏家を一人称で語っていくことは難しいだろう。それゆえに興行師が聞いていくという形となっているのだろう。

・小説『刃鋼』と映画「狼の王子」

最後に、石原の一人称小説について語るなら、やはり大作『刃鋼』（一九六四―七年）に触れなければならない。

粗野な少年が、田舎から東京にひとり出て来てヤクザへと成長していく物語であり、そのことで眉を顰める人もいるだろう。だが、これはたいへん大きくそして丹念に仕上げられた作品である。

第一章の「私」に対して「俺」で始まる第二章そして最終第三章の構成は、卓治という主人公が生きていく、ひとりの人間の成長とその変容をよく表している。留萌から密航とヒッチハイクでたどり着いた東京を目にしたときの、その都会の描写もリアルであり、卓治が成長していく過程で経験する凄惨な出入りの場面も、そのあまりのリアルさに圧倒される。

石原が壮年期にあったときの大作であり、『亀裂』から『挑戦』や『日本零年』にあった青年の生き方さがしという精神状況から、人生行路という時間軸がしっかりと伸びて物語が深まり、スケールの大きな大河小説になっている。

『刃鋼』という題名にしたがい、第一章皮金、第二章心鉄、第三章造刀となっており、これに卓治の人間形成が重ねられている。そしてそうした強い人間を表現する典型場面は、6章冒頭で示した、かの言いがかりに対する唐手による圧倒的な反撃であった。

たくさんある石原の作品の中で、緻密さ迫力という点では、紛れもなく小説家石原慎太郎の記念碑的作品だと私は考える。「この作品は、発表後数十年経過したいまも、まったく古びていない。自己確立のための村上卓治の闘いは、欺瞞が欺瞞ですらなくなった現代においては、神々しくさえある」(北方謙三「解説 ——伝説ののちに」『石原慎太郎の文学1』六六八頁)と、著名なハードボイルド小説そして歴史小説作家も高い評価をしている。

卓治のモデルは実在しないそうだが、フィクションという非現実にある、そのリアルさが読み手を圧倒することをよくわからせてくれる。小説とは、こういうものなのだろう。

凄惨な暴力シーンは、「処刑の部屋」(一九五六年)、「完全な遊戯」(一九五七年)にもあるが、これらと違いこの作品では、そのリアルさに圧倒され引き摺り込まれ読み手は言葉を失いもする。そうした芸術的な美醜を、政治的、道徳的な善悪に置き換えることに意味はない。卓治という人間の成長が、純朴な明るさではなく、粗暴に変わってしまわざるをえない、日本の経済社会の裏面の起伏の激しさに気づく必要があろう。

すなわち、作品が、日本の経済社会の急激な変化をよく表現しているということである。生まれ育った家郷から逃れ東京に出てきたが、そもそもその家郷が、すでに高度経済成長下の日本の矛盾、すなわち東京に代表される大都会との対比で、急激に寂れ果てていく、かつての炭

留萌　冬の海空

坑と漁港の町留萌が描き出されている。漁業が振るわず、エネルギー転換により石炭が必要なくなったのちの斜陽する町から東京へと出てきた若者が、主人公卓治であるが、彼は、鰊と石炭の町留萌から尋常では考えられない経路で東京に出てくる。

希望に満ちてサラリーマンになるというのではなく、物語の時代背景を思えば集団就職が全盛の頃にあたるが、彼が選ばざるをえなかった道は、炭坑の不用になったがまだ使える設備機械を九州に移設するため、留萌にたまたま寄港停泊した貨物船での密航だった。発見され釜石で下ろされるとき、船中たまたま可愛がってくれた船の料理人が、横浜に弟がいるから困ったら行ってみろという縁で、それを頼って角田というやくざの厄介になり、自らもやくざとして生きる道を拓いていく物語である。

この少年も、疎ましき家郷からの脱出という運命を背負わされている。『鴨』、『化石の森』、『嫌悪の狙撃者』などとよく似ている。高度経済成長期日本における周縁に対する中心、地方に対する東京という二重関係は冷酷だった。卓治という少年は、『鴨』、『嫌悪の狙撃者』の主人公たちと同様に経済的にたいへん貧しかった。生きていく道を、どうしてももぎ取っていくことが至上命令であった。選べぬ親、選べぬ時代を恨む以外になかった。

そしてそのことは、ある種のあこがれとともにやってきた都会に、到着のその瞬間から幻滅するという、実は当然の帰結でもあるが、「あこがれの地」でありながら、そうではなかった、まさにそこから、生きていくことを始めねばならないということでもあった。

密航が発覚し釜石で下ろされ警察に突き出され北海道に列車で戻されることになったが、途中脱走する。長距離トラックに拾ってもらい東京に入る。運転手花井から到着して東京・新宿を見せられた場面が、一人称で描かれている。

「どうだい、にぎやかだろう。けど朝より、夕方の方が凄いぜ」

花井は言った。

〝違う〟

私は思った。

〝これが東京である筈がない〟と。

（中略）

「ああ。なんならお前もいってみな、いきゃわかる。人間が大勢いてもがらんとした感じでな、俺には馴染めねえな。あそこには人間以外の主がいるらしい、そんな気がするよ」

花井が思わず言った言葉は私を打った。

（中略）

確かに、それらのものは故郷の町や、或いは来る道過ぎてきたどの町々にもありはしなかったろう。しかし、それらは私が想い夢見ていた大都市の城壁の輝かしい部分ではなかった。美しいどころか、それらは汚れていい、実際の大きさにも似ず見かけは矮小だった。

（中略）

眼の前にそそり立つ百貨店の乳色の壁を見上げた眼で、私は空を仰いだ。晴れて雲の無い空までが、ここでは青ながら尚くすんで見えた。

「どうだ」

私の感嘆を促すように花井はまた言った。

答えず、

〝これではない、こんなではない〟

私は想い続けた。

（『刃鋼』六四―六頁）

この時代のみならず、今も、東京に出て来てみたが、同様の思いをする若者は少なくないかもしれない。しかしそうであってもここから始めねばならない。「つまり私はもう、この水の際からどこへ船出することもないのだ。私の到りついた大都会が、いかに漠々と平たく連なっていようと、ここがその端なのだ、と。私は、この水際から踵を返し、今背にしているものの中に踏み込んでいかなくてはならない筈だった」（『刃鋼』七六頁）。

卓治は、密航船の料理人にいわれたとおり、横浜へ行き角田を頼り、そして彼に育てられ、一人前のやくざとなっていく。そうした世界ゆえに、敵対する組への仕置きをすることになる場面につながっていく。

殺人が肯定されるはずなどないのはいうまでもないが、石原はひとつの説明を試みている。「定かな遺恨ではなく、俺が生まれつき負ってきた、何ものかに対しての遺恨であり、仕返しだった。俺にとってそれは、或いは、故郷のあの町から華やかな伝説を奪い、代りに死んだ鈍色の海を与えた何かへの遺恨であり、仕返しだった。

足下に動かなくなった三津田（卓治が角田に銘じられて殺した相手。『化石の森』に登場する悪徳不動産屋も同姓)を見下しながら、自分がその復讐の一歩を遂げたことを感じていた。満足と、安息があった。あの紅い混沌からようやく這い出し、焦りと、自らに課した侮蔑から救われた自分を感じていた」(『刃鋼』二八六―七頁)。

こうした理屈は、先にも触れた疎ましき家郷からの脱出の論理でもあろうが、こうした事態が起こってしまう必然性に、「純粋性」「透明性」を見ようということなのだろう。この点は、石原の諸作品、この大作においても、『亀裂』以来のテーマが継続されているということでもある。

この小説『刃鋼』は、大きな作品であり、卓治が横浜に行き角田に育てられるとき、その兄貴分として出てくる正己という男の子が出てくる。第一章の終わりは、この子が命を懸けた勝負をするクライマックスとなっている。実は、このキャラクター、石原の短編「狼の王子」の武二だというのを、石原氏に教えてもらった。この短編は、やはり「狼の王子」という題で、舛田利雄監督、高橋英樹主演で、一九六三年映像になっており、これもたいへんよくできた作品だと私は思っている。

そうした習作のようにも思える作品が嵌め込まれて『刃鋼』という大作が創り上げられていることは興味深い。ここでの一人称は、たいへん大きな舞台装置の中にある。

2. 田中角栄を描く時

さて、石原の最新ベストセラー『天才』は、田中角栄を一人称で描いている。これは、『刃鋼』のような、習作を積んで組み上がった超大作とは違い、『肉体の天使』、『生還』、『再生』のような中編小説である。しかし、何よりも興味深いのは、一九六八年政治家となり、一九七三年青嵐会を結成し、田中金権政治最大の批判者であった石原が、『天才』と題して、その主人公田中角栄を一人称で描いているところである。なぜだろうか。

たしかに、その伏線はあった。二〇一四年一二月一六日に行われた、石原の政界引退会見において、「本当にこれで終わりなのか。終わりなら次は何をするのか。今日は田中角栄元首相の命日だが、宿敵の田中角栄氏と、長期政権になるであろう安倍晋三首相に政治家として何を言い残すか」と問いを向けられ、石原は次のように答えている。

安倍さんには初志貫徹してもらいたい。しかし、角栄という人物は素晴らしかった。あんなおもしろい人はいなかった。私はかつて若い仲間と選挙権を一八歳に下げようというキャンペーンをやった。選挙権を一八歳に下げようという会合をやるために「自民党のホールを貸してくれ」と申し込みに行った。幹事長は田中角さん。角さんが「何に使うんだ」と言うから、

「選挙権を一八歳に下げるキャンペーン」と言ったら、「馬鹿なことを言うな。馬鹿なことを。何を馬鹿なことを言っているんだお前。選挙権は二五歳でいいんだ。二五歳で。頭冷やせ馬鹿」と言われて、私は後になってその通りだなと思った。成人式に親を連れてこなくちゃいけない連中が多い時代に一八歳まで選挙権下げるのは間違いだ。絶対反対だ。二五歳で十分だ。

（『産経ニュース』二〇一四年一二月一六日）

こうした田中角栄についての想い出話は、石原が、一九九五年最初に国会議員を退いたのちに書き下ろした『国家なる幻影』以来、繰り返し出てくるエピソードである。ただしこの書き下ろし自体は、やはり田中金権政治とそれの踏襲への批判が、明確な軸になっており、田中に対して厳しかった石原を、まだ見ることができる。しかしながら、記者会見の中に出てくる「角さん」という呼び方は、石原の昔の言説をたどってみるなら、石原もそれはずいぶん穏やかになってしまったなと感じさせるものでもある。それは、どうしてかは問うてみなければなるまい。

・「君、国売り給うことなかれ」

一九七四年の参議院選挙において自民党は敗北する。日本列島改造ブームにより地価高騰、そこから狂乱物価。第二次石油ショックがこれに拍車をかけたとも考えられるが、国民の審判はたいへん厳しかった。政党は、機能集団であり、これを変えることにより、政権党である自民党が変わり、日本が変わると考えていた若き石原は、「君、国売り給うことなかれ　――金権の虚妄を排す」（一九七四年）と題して、田中角栄に厳しい批判を展開していった。その言明は、辛辣を極めていた。

選挙敗北について、「彼が今の時点で、金権選挙という発想と方法に疑念や反省を抱いているとするなら、実は田中角栄が田中角栄たるゆえんはないわけで、彼がある種の天才たるゆえんは、人間としても政治家としても、田中氏には金権以外の方法も発想もあり得ないというところにあるはずである」（『石原愼太郎の思想と行為1　政治との格闘』五五二頁）（圏点筆者）。

ただし、この批判論文は、田中角栄だけに向いていたわけではなかった。例えば、「田中総理が現在の時点でもなお妄執している金権という発想と方法は、実は、われわれ日本人のほとんどが、つい先日まではそれのみを信じ、社会的にも個人的にも、その実現と体現に情熱を傾けてきたものに他ならない」（同五五二頁）。

悲しいかな、金権という発想と方法は、日本人ほとんどが、それのみを信じ、日々やってきたことでもあると言明している。これは、『太陽の季節』以来、そして『嫌悪の狙撃者』や『化石の森』、さらには『刃鋼』でも、石原が投げかけてきた問いである。それらをつうじて、もっと露骨に描かれた物質的豊かさ第一主義の日本人の醜さを描き出し、それを批判し続けてきたということである。

そして、田中角栄という人物を、まさにそうした戦後日本の物質文明過程進展を象徴するものとして捉えているのである。

田中角栄という人格は、過去わずか百年間でこれだけの産業社会をつくり上げ、先進国際社会に登場した、日本という、いわばファースト・リッチの象徴的人物といえるに違いない。日本の社会は、その産業化があまりに急速で、多分な無理があったために、産業社会以前の、中世的農村社会の残滓をあちこち残しているが、それでいっそう、中世社会から近代産業社会へ、そしてさらにそれを終えて次の時代への移行変質の日本的態様が、局所的に鮮明に浮き上がって見える。

田中角栄という人格のうちには、日本にいまだ残存する農村の中世的性格と同時に、中世から近代への転化の過程に見られた農村から近代都市への人間の流出と、そこで造形されていく、中世の農村貴族にかわる新しい時代の新しい都市金権エリートの典型が見られる、十代にして笈を負うて故郷のいなかを出、労苦の末とはいえ、すでに二十代で財をなし、その自負、自信のうえに政治家としての道を拓いた、日本の近代社会における典型的なファースト・リッチである田中総理は、おなじように、国際社会のファースト・リッチであった近代日本の象徴として最たる人物にほかなるまい。

（前掲書五五四頁）

こうした言説は、けっしてはずれてはいないし、戦後日本の産業社会進展が生み出した象徴として、田中角栄をおいて他の人を挙げることはできないというのは確かなことである。

・「角さん」

しかしながら、石原の表現の仕方は、『国家なる幻影』を読んでいると、少し変わっていった。石原が、一九九五年国会議員を辞職し、政治家を一度辞めたことによるのもあるだろうが、厳しい指弾調の表現とは違い、批判的ではあるが、人をよく観察して描いているのである。

『列島改造論』なるものは、どうも土建屋感覚の濃いうさん臭いものに思えてならなかった。だがなお田中氏の官僚やその出身者にはあり得ぬ一種の政治的嗅覚といおうか、ある種の閃きはポテンツの高いものだったと思う。それは悪くいえば天才的な品のなさともいえたが、少なくとも聞いていて前任者の佐藤氏のどんな談話や会話より面白く、時には馬鹿々しく面白かった。

（『国家なる幻影』上巻三〇六頁）（圏点筆者）

それは、たしかに、地元の名士の家に生まれ、東京帝国大学法学部を卒業し、高級官僚となった佐藤栄作とは違って、田中角栄は大いに庶民的で、多くの日本人には、人間味を感じさせたということでもあろう。石原は、佐藤にたいへん可愛がられもしたのだが。

石原の『国家なる幻影』の書き方は、よくできていて、この文章に続いて、『東京新聞』に掲載されたという田中角栄の演説のフルテクストが挙げられ、それを真似して読み上げるというところがある。読み手には、田中角栄の、あの声が聞こえ、あの喋り口が目に浮かんでくるかのようになっている。田中角栄という人を、テレビをつうじて知る多くの日本人に、生き生きと想い出させてくれ、懐かしいところである。絵の才ある石原は、田中をよく観察して描いたということだ。

『オンリー・イエスタディ』（二〇〇八年）には「角さんの残像」という章があり、「世の中にはどうしても憎めない人間というものがいる。たとえ激しくぶつかり合ったり、喧嘩し合っても、相手の魅力には抗しがたい人間がいるものだ。それはその人物が生まれつき備えた器量、というよりももっと本質的な資質のせいだろう」（同二四三頁）と書き始めている。

実際、田中角栄という人物は、そういう人であったのであろう。そこには、そういうエピソードが鏤《ちりば》められている。しかしながら、「君、国売り給うことなかれ」において描いた時に厳しく指弾した田中とその金権政治ということが、ロッキード事件として、受託収賄罪有罪ということだけに単純に焦点化されていくプロセスで、石原自身も「君、国売り給うことなかれ」を描いた時には知らなかったことを気づくことになる。


アメリカという虎の尾を踏んでしまい、ロッキード裁判というでっち上げの裁判で政治生命を絶たれたことは無念極まりなかったろう。

その裁判は、日本の刑事訴訟法にはない免責という司法取引による証言を元に行われ、相手のロッキード社の幹部のコーチャン、クラッターといった札付きの人物、彼等は共にインドネシアの航空機産業の台頭を潰すために暗躍したカップルだが、検察が活用した二人の免責証言への田中被告側からの反対尋問は許されずに終わってしまった。

（同二五六頁）


反対尋問が許されない不平等な裁判に陥れられたことよりも、金権腐敗ということだけが国民の関心となってしまっていた。また、そうなるように仕組まれたと見ることもできるということである。

一人称小説『天才』の「長い後書き」では、石原は「当時の私もまた彼に対するアメリカの策略に洗脳された一人だったことを痛感している」(『天才』二〇七頁)と述懐しており、石原にして、そうだったということなのだろう。それゆえに、田中角栄になりきらなければなるまいと思ったのかもしれない。

しかしながら、私の感想をいえば、石原が、実は比類なき教養人、マクス・ウェーバーのいう文化人であり過ぎていて、田中角栄との齟齬を感じざるをえない。田中が無教養だというのではない。建築設計の技術的知識に優れ、多数の議員立法を成立させた法のエクスパートとしての田中の才能は、学歴とはまったく違う。ただ、そうした社会技術的能力に長けていた田中と、文人石原は、私にはなかなか重ならない亀裂を感じてしまうところがある。これは、田中角栄ではなくて、石原だなと、あるいは田中角栄が石原をつうじて語るとこうなるのかと、読むことになった。

第八章　空虚な芯「日本」

1.「芯にある空虚」

石原に基本原理があるとしたら、生きる身体感覚の平衡性ということになるだろう。そのことは、石原が、一九八〇年代後半から二一世紀の最初の一〇年ほどの間に書き続けた、身体性をめぐる小説『生還』、『肉体の天使』、『再生』などを読んでいくと理解でき、そのプロセスを説明していくことができる。

『亀裂』から『挑戦』や『日本零年』などの文学作品の中にあったナショナリズムが、政治家になることで作家としてのこの人の世界からは消え去っていったように見えるが、それにもかかわらず、この人は政治の場面では、現在に至るまで、「日本」というナショナリズムを高く掲げ続けている。どうしてそのように掲げ続けられるのかということに、私は大いに関心が向く。

この人自身、作家としては、純文学のみならず娯楽小説、そして戯曲、詩にもわたり、絵も描き、音楽にもかかわり、映画の原作、脚本のみならず監督もやってのける。ヨットのみならず、スキューバも、そしてテニス、もともとはサッカーと、スポーツにも多才な、このマルチプルリアリティとして人生の航跡があるこの人にして、なぜに強いナショナリズムが出現し続けるのかという点が、私には不思議に思えて仕方がないところである。

『亀裂』は、石原自身が学生時代を過ごした一橋大学でのことが素材になっていた。一九五〇年代、中山伊知郎、都留重人ら世界的にも著名な経済学者がいたこの大学において、生き方さがしをしていた石原は、経済学の純粋にモデル化された理論や、あるいは学問にそもそも備わっている観念論、さらには西洋から輸入された学問でしかない社会科学に懐疑的で、さらには大学教育における専門性にもおおむね疑問を投げかけていたように思う。

そして、それはほぼ一貫していて、それがいわゆる観念や理念を掲げた表面的な美ではなく、それらをすべて削ぎ落とした身体性、運動系の基本枠こそが、生き方の軸になっていることを明瞭にしてきたのだと、諸作品を通して理解することができる。

そうなのであるが、一九七三年青嵐会を結成し、田中角栄批判を展開している最中、ある雑誌に寄稿した論文にこう書いている。

我々が今なすべき自覚とは、日本人がこの百年間、実は国家民族として持つべき形而上的道徳律を持とうとすることなく、すり換えられた願望にのみ駆られ進んで来たことをまず知るべきなのだ。

（「芯にある空虚」『自由』一九七四年四月号、『石原愼太郎の思想と行為1』五四〇頁）

一九七二年七月に田中角栄内閣が成立し、日本列島改造ブームから地価が暴騰、狂乱物価という現象を引き起こし、それに第一次オイルショックが重なり国民生活が大きく損なわれ、七四年七月の参議院議員選挙で自民党は大敗する。石原の「君、国売り給うことなかれ」が、『文藝春秋』九月号に載るが、これに続いて、同誌一一月特別号に、立花隆「田中角栄研究」、児玉隆也「淋しき越山会の女王」が載り、田中金権政治そのものに焦点が絞られていき、一二月、田中は首相を退くことになる。

田中金権政治が問題であることはそのとおりであるのだが、石原のそもそもの論点は、田中を象徴にして、日本人全体に批判の矛先は向いている。日本人が国家民族として持つべき形而上学的道徳律を持とうとしないのだと。

石原の諸作品をつうじてこれまで理解してきたことから考えると、ここで石原がいう「形而上学」というのは、けっしてギリシア、ヨーロッパを起源とする観念論的哲学のことではないだろう。同じ時期に、石原が書いた「飢餓感の転換」を見てみるなら、こんなふうに書いている。

国家社会としての後進性に拍車をかけられた日本人の経済立国への志向、といえば聞こえがいいが、強烈な飢餓感に他ならない。それも明治の過去の国家としての大局的指針と、それに基づいた諸教育が培った、一種マゾヒスティックなまでの飢餓感である。

（「飢餓感の転換」『季刊藝術』一九七三年春号。前掲書五一六頁）

しかもこれは徹底的に公的な飢餓感であり、庶民の物質的満足はこれとは乖離し続け永遠に満たされることはないだろうと見抜いている。明治以来、国家は、そのためには有能な官僚たちにより富国強兵のスローガンでもって体系化され行政国家として作り上げられていった。敗戦後は、所得倍増計画や高度経済成長というそれにより同じふうに作り上げられていった。しかしそうした制度と、そのもとに生きる国民との齟齬は存在し続け、つねに亀裂は入り続けてきたと、石原はよく見透していた。

例えば、一九七三年は田中内閣のもとで「福祉元年」と宣言され、国家予算が福祉予算などと呼ばれたのだが、そう命名されているとしても、「予算の実体以前に、その予算を編み出させた社会の現実諸状況からして顕らかに政治的情緒的虚言としかいえまい。行政と現実の間の遅滞が大きすぎると、その差を埋めようとする政治の言葉は総て嘘にしかならない。現行の政治は、結局、国民の幻覚化までされた不協和感嫌悪感の、窮極の原因をとり除かぬ限り、何を行い、それをどのような言葉で説明しようと、国民から信じられはしない」（前掲書五〇九頁）と、田中内閣のみならず、日本の経済政策、社会政策の致命的な本質をよく見抜いていた。

実際、この一九七三年は、列島改造ブームが引き起こした狂乱物価と、第四次中東戦争の勃発に伴う第一次石油ショックにより、国民生活はきわめて大きな打撃を受けることになる。政治家の言説と、国民生活の現実との齟齬が限りないことが明らかになったということである。演説で人を惹きつけるということと、それに心動かされた人々の現実生活の乖離は言い尽くせないものだったということである。

作家石原が、政治家となったことも、物書きだということで、政治の言葉に、ある種の本来的な期待をしていたのかもしれない。実際、この論稿「飢餓感の転換」では、政治とともに文学の可能性にもまだ期待していたように読める。敢えていうなら、前述の「形而上学」とは、日本社会における文学の威力ということなのだろう。

・飢餓感からの転換はしたか？

この時期一九七二年から七四年にかけて、すなわち田中政権の頃も、青嵐会結成や批判政治の実践で多忙であったのであろう。その前の一〇年、その後の一〇年より作品数が少ないようにも感じるが、石原は、「公人」（一九七三年）、「院内」（一九七四年）、『光より速きわれら』（一九七五年）

などを書いた。これら文芸作品への寄与が、いうところの形而上学的道徳律涵養の実践のそれとなったかどうかは意見がいろいろあろうが、道徳律への石原のアプローチは、表現をつうじて、身体の感覚性への接近ということであり、この点では、芯となるものを確立しようということであったように私は理解したい。

しかしながら、これで接近し捉えられる原理は、多元的な諸世界を渡り歩いていくことができる操舵術のはずである。そしてそれゆえに、これはナショナリズムとは違うだろうと私は考える。こうした基軸に立つ限り、「日本」というものも、それがいったい何であるか、すでに捉えきれなくなっているはずだということである。

かつて、三島由紀夫に対して「天皇だって、三種の神器だって、他与的なもので、日本の伝統をつくった精神的なものを含めての風土というものは、台風が非常に発生しやすくて、太平洋のなかで日本列島だけが非常に男性的な気象を持っていて、こんなふうに山があり、河があるということじゃないですか。ぼくはそれしかないと思うな。そこに人間がいるということだ」と喝破した石原を思い出せば(1章)、具体的な内容を明示したナショナリズムが、石原の理論とどう適合しているのかを理解するのは難しい。

そうでありながら、石原が、具体的な内容を求め続けようとしてきたところは興味深い。二度の石油ショックを克服し、日本経済が順調に拡大した。一方でアメリカ社会の文化的停滞をアラン・ブルームが『アメリカン・マインドの終焉』(一九八七年)として皮肉り、他方でエズラ・ボーゲルが『ジャパンアズナンバーワン』(一九七九年)という文句で日本の経済社会を奇妙なふうにたたえていた一〇年ほどが経過していた。

日本の経済が世界を席巻し、その絶頂期に到達した一九八九年、石原は、ソニー創業者のひとりでもあり当時会長であった盛田昭夫とともに『「NO」と言える日本』を書いた。経済的に強くなった日本が、アメリカにもNOと言えることを、まさしく戦闘的に訴えたのである。

このシリーズは、一橋総合研究所というブレーンと組んで、『宣戦布告「NO」と言える日本経済』(一九九八年)、『国家意志のある「円」』(二〇〇〇年)などと続いていく。

面白いと思うのは、ほぼ同じ時代、一九九〇年代、作家石原は、『肉体の天使』をはじめ、先にいう意味での身体性、感覚系の形而上学を書いていたが、その一方で「大東亜共円圏」というキャッチフレーズで、アジアにおける円経済圏の構想も打ち上げていた。

私が、果たしてそうだろうかと考えるのは、金権政治批判において論難した「経済」、とりわけバブルに至る金満経済を、どうしてそうも肯定的に捉えているのかという点である。この時、日本は、明治以来のいうところの「飢餓感」を克服しえたということだったのだろうか。

バブル経済、それは日本経済がその頂点に達したということでもあった。アメリカに対して経済的に「逆転」に成功したと思い込んだ一瞬の日本をよく表現している。そして間もなくそれの崩壊。それゆえに、もちろん、好戦的なタイトルであるこれらの本に石原が含み込ませたい意味はよく理解できる。すなわち、成功していた日本経済の強さに対して、いつまでも育たぬままの貧弱な日本政治という嘆きでもある。そして実際、その経済的豊かさは、やはり政治を育て上げることはなかった。

バブル崩壊後、失われた一〇年どころか二〇年とも言われ二一世紀の最初の一〇年が過ぎていった。その間、東京都知事であり、東京発の強いリーダーシップを発揮しようとしたことは事実である。例えば、外形標準課税導入、新銀行東京の設立、都立高校の学区制廃止、東京都立大学改編、ディーゼル車排ガス規制などが思い浮かぶ。

そして他方で、一九九九年「国旗及び国歌に関する法律」を忠実に遵守して、二〇〇三年一〇月には「入学式、卒業式等における国旗掲揚及び国歌斉唱の実施について」の通達と、地方公務員法第三十二条、すなわち法令及び上司の職務上の命令に従う義務にもとづいて、教職員の起立と斉唱の命令履行や、本書最初に見た「ビッグレスキュー」での自衛隊の大規模な参加なども挙げることができる。

しかしながら、この期間も、見てきたように『火の島』や『再生』のような、私には、先にいう形而上学の原理研究の実験のようにも理解できる作品が出来上がっている。政治家石原と作家石原との間にあるそうした亀裂はたいへん面白いところである。どうしてであろうか。

たぶん、日本人は、「飢餓感」から今も解放されないまま、「グローバル」と言葉を換えて富国強兵スタイルで突っ走り続けているということなのだろう。石原は、実は「芯にある空虚」を、身体性の感覚哲学として、つまり自意識を消し去った身体感覚の極意に従い、多元的世界であるさまざまなサブ・ユニバース間を跳躍し続ける技をよく身につけていたし、それをさまざまな場面で、十分に描き出してきた。

まさしく、それが「空虚な芯」ということであり、これはつねにコンテンツを求め続ける飢餓感を伴いつづける運命を背負わされているということなのだろう。

2. 国民国家論は、まだ可能か？

一九七九年から八一年にかけて『野生時代』に連載された「亡国」という小説、後に『日本の突然の死――亡国』(一九八二年)として単行本、さらに文庫となるが、石原が、日本を身体として考えていると読めるところがある。国家有機体説というのは、社会科学史上、珍しいことではないが。

題名のとおり、日本の突然死のリスクをミリタリー物として大作化した小説である。娯楽小説だといえばそうだろうが、ありえないことではなかったともいえる。カーター政権後の近未来を描くものであった。ただし、強いアメリカを掲げて登場したレーガン政権、そしてブレジネフ死去、ゴルバチョフ登場によるペレストロイカ、さらにはソビエト連邦崩壊というその後の事実とは大きく違ってしまうのだが。

小説は、奇しくも尖閣諸島周辺で、日中が共同で石油開発をする話から始まっている。中国はようやく近代化が進み出した時代でしかなく、ブレジネフ体制下のソビエト連邦が脅威となっている。そうした中で、ソ連が日本を奪い取る話である。

ストーリーの中で、日本は、石油の備蓄基地を破壊され、輸入ラインを封鎖されてしまい、物資の欠乏から暴動が発生し大混乱となっていく。そうした日本について、アメリカ政府、ホワイトハウスで大統領を前に国務長官、国防長官らが議論する。そして国防長官とされる人物が次のようなことを口にする。

国家が経済でしかない、という日本人にとって、その経済が危機に瀕した時どんな事態があの国に起こるだろう。つまり、相手は一兵も動かさず、彼らの経済にとどめを刺すことで、日本全体にとどめを刺すことが出来ることになりはしないかね。

（『亡国』下巻一七七頁）

小説のこうした一場面を知るなら、石原が、必ずしも経済万能主義者ではないことはわかる。『「NO」と言える日本』においても、要点は金満日本の自慢というのではなく、「NO」と言える独立性を、日本の政治が持たねばならないということにあった。

観念の妄想だけでは生きることはできない。そしてただ飽食のみに生きることもできない。そうした石原のテーマは、人の生き方のそれと同時に、国、国家についてもあてはまるということである。ナショナリストであるゆえに、その論点は明瞭である。小説において、もう万策尽きた日本について、次のようなたとえで表現されている。


「人間はいつかは死ぬのだと誰もが知りながら、一方じゃまだこの若さで、俺に限ってと思っているのと同じことだ」

「しかしそれが突然、癌だと宣告されたんだよ。治療不能の癌だとな」

（『亡国』上巻四四一―二頁）


日本が、ひとりの人のように考えられている。そしてそれゆえに、まだ一縷の望みにすがろうとするのである。この末期癌患者は、性別未詳である。小説『生還』（一九八七年）で描かれていた、末期癌からの生還が、この小説と重なって見えさえする。

石原は、日本を擬人化し、女として、また男としても見ているようだが、次のような表現では、日本が女であることを示している。

アメリカもヨーロッパもかつては自分たちが手とり足とりして教えた顔の黄色い生徒にすっかり追いこされたことに腹をたて、人種偏見で取りあえず日本を差別しようとしていたが、喪った時になって初めて、日本という髪の黒くて長い肌の綺麗な情婦がどんなに大切だったかを覚るだろう。

（『亡国』上巻三四九頁）

石原には、まさに愛すべき美しい日本ということなのであろう。ヨットマンである彼にとっては、ヨットが「she」であることと重なっているのかもしれない。

・憲法は芯か？

そうしたかつての作品を踏まえて、石原が掲げている日本国憲法についての論議を考えてみたい。政治家引退の記者会見（二〇一四年一二月一六日）においても、石原は、「心残りは憲法の一字も変わらないことだ」と切り出した。

憲法が、身体的にとらえられた日本の芯だということであろう。ゆえに改憲を一貫して唱えてきた。しかしながら、私は、この芯もやはり虚ろだと思っている。カント、ルソー、ロックに遡及するヨーロッパ、アメリカの憲法が、形而上学的道徳律に根を持つことを思えば、日本での憲法の軸芯は、やはり虚ろだと考えざるをえない。

二〇〇〇年一月衆参両議院に憲法調査会が設置され、日本国憲法をめぐる調査と議論がなされた。東京都知事であった石原は参考人として証言し、持論である前文の日本語について意見している。

日本の憲法、特にあの評判の高い前文というのは醜悪な日本語でありまして、私は文学者ですから、あの醜悪な日本語を文章としても許すわけにはいかない。（中略）本当に前文というのは醜悪。うたわれている理念はいいんですよ、ごく当たり前のことですよ。ですけれども、それを表現するに、翻訳としても非常に拙劣な日本語でありまして（中略）日本人の日本語に対する敬意というものの欠如、無神経はすでにこの前文から始まっているのです。

（石原慎太郎が語る二十一世紀の日本」田中良紹編『憲法調査会証言集　国のゆくえ』二二―三頁）

日本語の文章として拙劣、醜悪であると非難している。しかしながら、同時にその理念はよいとも述べている。

前文は、第一に国民主権。憲法を制定するのは日本国民だということ。第二に人権尊重により自由がもたらす恵沢、平和主義により戦争の惨禍からの解放がこの原理として書いてあり、第三に国政は、国民の信託と権威によって支持され、その権力は国民の代表によって行使される代表民主主義にあると宣されている。さらに、恒久平和祈願のために平和主義希求と、国家の独善性否定が言われ、最後に日本国民はこの日本国憲法の崇高な理想と目的を達成することを誓うとなっている。

ここに挙げられる国民主権、人権尊重、平和主義、代表民主主義などの理念は良い、そして当然のことだとする。しかし、日本語表現として拙劣であり醜悪だとしている。

それは、この憲法の起草者が、この参考人発言の中にもあるが、アメリカ占領軍であり、そこで用いられた英文を翻訳したものだから拙劣なのだという。そしてそれが、今に至るまでそのままになっているという。一九四六年にアメリカが書いた日本について、日本が誓うのかという問題にもなる。戦争に敗れたのだから、それは仕方がない。詫び状だという言い方もある。

しかしながら、そもそも西洋形而上学、そしてそこから派生してきた社会科学は、日本では翻訳学問の典型であり続けてきたし、今もそのままの様相である。そこにすでに日本の憲法の難しさがあるように私は思う。憲法の前提となる形而上学的道徳律が、そもそも虚ろだという可能性が高い。

そして、さらに難しいのは、それでは「日本」は、いったいどのように描くことができるのかということもある。「日本という髪の黒くて長い肌の綺麗な情婦」と、ミリタリー小説においては表現できるだろうが、これはひとつのサブ・ユニバースでの描出ということでしかないだろう。われわれが生きる多元的な世界において、そのひとつのサブ・ユニバースから、それとは別のサブ・ユニバースへ跳躍はできるだろうが、言葉により互いを共約することは、今や相当に難しいことである。

石原は、同じところでこういうことも述べている。

この憲法が起草された段階では、ほとんど日本人のイニシアチブは及んでいなかった。そういう占領下という特異の状況にあった。その憲法というものに私たちの自律性、意思というものが反映されていない限り、国家の基本法としてのレジティマシーがないんだということを国会全体で認めて、これは日本人の民族の尊厳のためにもみんなで求めて、後は国会でそれぞれの立場の代表が集まっているところで議論したらいいけれども、まず、これをやはり歴史的に否定していただきたい。

それは、内閣不信任案と同じように過半数の投票で是とされると私は思うし、そこで否決されれば私はもう何も異論を挟まない。そういう作業こそひとつ国会で積極的にお考え願いたい。これは非常に簡単で、国民が納得する一つの、国民を代表する国会の意思の表示だと思います。

（前掲書二一五頁）

現行の日本国憲法は、国会決議により停止し、歴史的に否定せねばならないというのだが、これは、現行憲法をその第九十六条に従って改正するのと意味が違ってこよう。占領下、進駐軍のもとで押しつけられたゆえに、現行の日本国憲法に正統性がない。したがって破棄せよという論点である。現在では、この後二〇〇七年「日本国憲法の改正手続に関する法律」として改正のための手続きが法制化されていくので、石原が掲げる、この手続きとは違う方法を自民党は採っている。

「後は国会でそれぞれの立場の代表が集まっているところで議論したらいいけれども、まず、これをやはり歴史的に否定していただきたい」という、後段が、石原には間違いなく何より重要なのだろう。石原の歩み描き続けてきたプロセスを知れば、その気持ちがわからないわけではない。しかしながら、私は、前段「国会でそれぞれの立場の代表が集まっているところで議論したらいい」の方が、実ははるかに難しいだろうと思っている。

国家の軸芯が、憲法だとし、それが占領軍により書かれた英語の訳文でしかなく、正統性がないという論点は少なからず理解できるが、新たに決定する国会に集まる代表、議員たちは、それぞれジャイロを備えて軸芯があるのだろうか。私は、この点は、決定的に疑わしいと思っている。

石原は、福沢諭吉の『瘠我慢の説』にある「立国は私なり、公に非ざるなり」をしばしば引き、滅私奉公のような伝統的因襲の克服を掲げる(『かくあれ祖国』一九九四年、四頁)が、そうであることにより、つまり福沢の前提と同じで、近代国家の機構形成期の国家像をモデルにしているところがある。義務教育、国民皆兵、普通選挙という、国家社会の構成員の形式的独立と平等を前提にしている。社会学では、方法論的国民国家主義(ウルリヒ・ベック)として知られている社会像である。私の問いは、こうした社会像は、まだ維持できるのだろうかということである。

一九世紀欧米での国民国家成立期、そしてそれを模範とした日本の富国強兵は、人口増加、天井知らずの資源利用、それによる経済成長を前提にしていた。

しかしながら、六五歳以上の人口が二五パーセントを超え、公的年金の実受給権者数が四千万人に達しようとしている現在を考えたとき、意識としては、痩せ我慢もありえようが、身体の運動性能に支えられなければならない社会空間として「日本」を維持できるのかどうか、私は心許ないものを感じるのである。リースマンのジャイロを備えた人格も、S字型の人口増加期に登場してくると考えられていたはずである。

年代間、世代間の感覚も意識も差違に満ち、国民国家成立期に所与とすることができた、個々人の集計として国家形象を考えることが、きわめて難しくなっていると私は思うのだが、そうではないだろうか。そして、物の移動のみならず、人の移動も増大する一方で、そして情報の伝播速度も容量も破壊的に増大することを思うなら、一九世紀的な国民国家という国家の外枠自体も明瞭には捉えきれない状態となってきている。空虚であるのが、芯だけではなくなってきていることを私は強く感じるのだが。

第九章　結　論

本書「はじめに」で掲げた三題は、次のようになるであろう。

一、『亀裂』『行為と死』などに出てくる、「江田島に行くつもりだったが、戦争が終わってしまった」というのは、ご自身の気持ちそのままですか?

逗子海岸、今はもうないが戦後「なぎさホテル」として知られるところがあった。そこは、一九四五年まで「水交社」という海軍の将校クラブの施設であったこと。出征していく若い士官とその夫人との思い出。そしてその哀れな戦後など、そして戦時中、披露山にあった高射砲陣地、その遥か上空を、飛行機雲を曳きながら飛んでいくB29の編隊など、昔の話を聞かせていただきながら、「そうだ」と答えてくださいました。

そして、本書「2章　生き方さがし」で小説『亀裂』にはじまり、「4章　日本よ!」で見た小説『挑戦』、『日本零年』あるいは『行為と死』にもある「江田島」、「広瀬中佐」は、青春時代の生き方さがしに始まり、今に至るまでの思いであり、かつそれが亀裂でもあると私は理解した。

二、『刃鋼』の主人公卓治という人間像、時代は大きく変わりましたが、私の印象では、今生きている、ある実在の人をイメージして、その人の生き方と重ねてみたくなります。そう見てよいでしょうか？

『刃鋼』は、繰り返しになるが、その作品の大きさについても、描かれている状況の迫力についても凄い作品。『火の島』も、その続編のようにも私には読め、私はなるほどと思った小説。たくましく生き抜いていくひとりの人間を感じて、ある実在の人物と重ね合わせて、そう見てもよいかと尋ねたら、「違う。卓治は、もっと粗野だ」という答えでした。たしかにそうかもしれないなと思いながら、卓治は実在のモデルがいるのですかの問いにも、「いない」という答えだった。

三、田中角栄について、青嵐会結成、金権政治批判の頃の描き方と、『国家なる幻影』などでの描き方を比べてみていくと、見る目が微妙に変わっていったように感じますが、そう理解してよいでしょうか？

これは、『天才』として上梓され、また本書でも書いたが、見方が変わっていった重要なきっかけは、ロッキード事件にある裁判の不公正、アメリカの影ということを改めて感じ入った。外交、防衛のみならず、資源、エネルギー問題についても、日本政治の意思決定が、アメリカの影からどれくらい可能であるかは問い続けねばならない問題である。

最後に、本書副題に掲げた「戦士か、文士か」という問いである。ガブリエーレ・ダヌンチオ、エルンスト・ユンガー、アンドレ・マルロー、あるいはアーネスト・ヘミングウェイを思い起こし、石原と比べればよいのか。

マルローについて、あるいはヘミングウェイについては、石原の言及を探し出すことができるが、生きた時代の違いで、彼らはみな従軍体験がある。石原には、「江田島に行きたかった」想いが永く残るが、この人が活躍した時代、日本は、平和であり続けた。この点では、武器を手にして戦ったという意味の戦士ではない。

石原の処女作「灰色の教室」（一九五四年）が書き上がった頃、日本のテレビ放送が始まった（一九五三年）。大学を卒業して入社したのが映画会社（助監督採用）であり、そして弟裕次郎が映画とテレビドラマの世界のスターであり続けたし、石原は文字媒体のみならず、映像にも大いに関わり続けた。そして、政治家としてテレビにもしばしば登場させられ登場してきたが、テレビに代表されるマスメディアにはたいへん批判的あり続けたのも事実だろう。

一台のラジオ対聴衆というメカニズムを通して行われる、こうしたなれあいの操作は、決して人間のイマジネーションを豊かにするなどということはあり得ない。逆にそれはイマジネーションの自殺でもある。テレビジョンにしても同じようなものだ。黒白のモノクロームで平たいスクリーンの偽証性は、文明生活の観念性が持つ平板さに他ならない。

（『価値紊乱者の光栄』五頁）

これはテレビ草創期に書いた文章であるが、すでに本質的なことを突いていたし、この立場は今も変わっていない。

これを踏まえ、何と戦ったかを考えれば、観念性により平板に「描かれる」ことと戦ってきたということになるだろう。そして何で戦ったかというと、それはこの人が「描く」「描き続ける」ということだったはずである。この文士は戦士だった。

文献

石原慎太郎　著書

一九五四年　「灰色の教室」『一橋文藝』復刊第一号。〔『太陽の季節』新潮社　一九五六年。（のち新潮文庫　一九五七年）所収。〕

一九五五年　「太陽の季節」『文學界』七月号。〔『太陽の季節』新潮社　一九五六年。（のち新潮文庫　一九五七年）所収。〕

一九五六年　「処刑の部屋」『新潮』三月号。〔『石原慎太郎集　新潮日本文学62』（新潮社　一九六九年）所収。〕

――　「亀裂」『文學界』一一月号―一九五七年九月号。〔『亀裂』文藝春秋新社　一九五八年。（のち角川文庫）。『石原慎太郎の文学3　亀裂／死の博物誌』（文藝春秋　二〇〇七年）所収。〕

一九五七年　「完全な遊戯」『新潮』一〇月号。〔『完全な遊戯』新潮社　一九五八年。『石原慎太郎集　新潮日本文学62』（新潮社　一九六九年）所収。〕

一九五八年　『価値紊乱者の光栄』凡書房。

一九六二年　「てっぺん野郎」『週刊明星』八月二三日号―一九六三年一一月三日号。〔『てっぺん野郎』コンパクトブックス　集英社　一九六五年　（青雲編一九六三年、昇龍編一九六四年）。〕

一九六五年　「星と舵」『文藝』一月号―二月号。〔『星と舵』河出書房新社　一九六五年。（のち新潮社　一九六九年、新潮文庫　一九七八年）。「星と舵」『石原慎太郎集　新潮日本文学62』（新潮社　一九六九年）所収。〕

――　「巷の神々」『産経新聞』一一月一日―一九六六年一二月二〇日。（のち『巷の神々』産経新聞社出版局　一九六七年）。〔『石原慎太郎の思想と行為5　新宗教の黎明』（産経新聞出版　二〇一三年）所収。〕

一九六八年　『祖国のための白書』集英社。

一九七〇年　「嫌悪の狙撃者」『海』二月号―六月号。〔『嫌悪の狙撃者』（中央公論社　一九七八年）。『石原慎太郎の文学5　行為と死／暗殺の壁画』（文藝春秋　二〇〇七年）所収。〕

――　『化石の森』上・下、新潮社。（のち新潮文庫　一九七二年）。〔『石原慎太郎の文学2

化石の森』（文藝春秋　二〇〇七年）所収。〕
一九七三年　「公人」（原題「桃花」）『文藝』一月号。〔『石原慎太郎の文学10　短編集Ⅱ　遭難者』（文藝春秋　二〇〇七年）所収。〕
——　「飢餓感の転換」『季刊藝術』一九七三年春号。〔『石原慎太郎の思想と行為1　政治との格闘』（産経新聞出版　二〇一三年）所収。〕
一九七四年　「院内」『文學界』一月号。〔『生還』新潮社　一九八八年。（のち新潮文庫　一九九一年）所収。〕
——　「芯にある空虚」『自由』昭和四九年四月号。〔『石原慎太郎の思想と行為1　政治との格闘』（産経新聞出版　二〇一三年）所収。〕
——　「君、国売り給うことなかれ——金権の虚妄を排す」『文藝春秋』）一九七四年九月号。〔『石原慎太郎の思想と行為1　政治との格闘』（産経新聞出版　二〇一三年）所収。〕
一九七五年　「光より速きわれら」『文藝』八月号。〔『光より速きわれら』新潮社　一九七六年。『石原慎太郎の文学6　光より速きわれら／秘祭』（文藝春秋　二〇〇七年）所収。〕
一九七九年　「亡国」『野生時代』一月号—一九八一年九月号。〔『日本の突然の死——亡国』上・下、角川書店　一九八二年。（のち角川文庫　一九八五年）。〕
一九八七年　「生還」『新潮』一九八七年八月号。〔『生還』新潮社。（のち新潮文庫　一九九一年）。〕

一九八九年　『「NO」と言える日本――新日米関係の方策』（盛田昭夫共著）光文社。
一九九一年　『三島由紀夫の日蝕』新潮社。
一九九二年　「ある行為者の回想」『新潮』一月号。〔『石原愼太郎の文学10　短編集Ⅱ　遭難者』（文藝春秋　二〇〇七年）所収。〕
一九九四年　『かくあれ祖国――誇れる日本国創造のために』光文社。
――　「二十一世紀への橋――新しい政治の針路　二十一世紀委員会からの報告（自由民主党の新政策大綱試案）」〔板垣英憲マスコミ事務所『自民党教書・総選挙編』（データハウス　一九九四年）所収。〕
一九九六年　『肉体の天使』新潮社。〔『石原愼太郎の文学6　光より速きわれら／秘祭』（文藝春秋　二〇〇七年）所収。〕
――　『弟』幻冬舎。（のち幻冬舎文庫　一九九九年。）
一九九七年　『「父」なくして国立たず』光文社。
一九九八年　『宣戦布告「NO」と言える日本経済――アメリカの金融奴隷からの解放』（一橋総合研究所共著）光文社。
一九九九年　『国家なる幻影』文藝春秋。（のち文春文庫　二〇〇一年）。
二〇〇〇年　『国家意志のある「円」――ドル支配への反撃』（一橋総合研究所共著）光文社。

二〇〇七年『石原愼太郎の文学1 刃鋼』文藝春秋。
――『石原愼太郎の文学2 化石の森』文藝春秋。
――『石原愼太郎の文学3 亀裂／死の博物誌』文藝春秋。
――『石原愼太郎の文学4 星と舵／風についての記憶』文藝春秋。
――『石原愼太郎の文学5 行為と死／暗殺の壁画』文藝春秋。
――『石原愼太郎の文学6 光より速きわれら／秘祭』文藝春秋。
――『石原愼太郎の文学7 生還／弟』文藝春秋。
――『石原愼太郎の文学8 わが人生の時の時』文藝春秋。
――『石原愼太郎の文学9 短編集Ⅰ 太陽の季節／完全な遊戯』文藝春秋。
――『石原愼太郎の文学10 短編集Ⅱ 遭難者』文藝春秋。
二〇〇八年『火の島』文藝春秋。
――『オンリー・イエスタディ』幻冬舎文庫。
二〇一〇年『再生』文藝春秋。
二〇一二年『石原愼太郎の思想と行為1 政治との格闘』産経新聞出版。
――『石原愼太郎の思想と行為2 「NO」と言える日本』産経新聞出版。
二〇一三年『石原愼太郎の思想と行為3 教育の本質』産経新聞出版。

――『石原愼太郎の思想と行為4　精神と肉体の哲学』産経新聞出版。

――『石原愼太郎の思想と行為5　新宗教の黎明』産経新聞出版。

――『石原愼太郎の思想と行為6　文士の肖像』産経新聞出版。

――『石原愼太郎の思想と行為7　同時代の群像』産経新聞出版。

――『石原愼太郎の思想と行為8　孤独なる戴冠』産経新聞出版。

二〇一四年『私の海』幻冬舎。

二〇一五年『歴史の十字路に立って――戦後七十年の回顧』ＰＨＰ研究所。

二〇一六年『天才』幻冬舎。

石原慎太郎　映画原作等

『狼の王子』(監督　舛田利雄)日活　一九六三年。

『俺は、君のためにこそ死ににいく』(制作総指揮　石原慎太郎、監督　新城卓)東映　二〇〇七年。

『化石の森』(監督　篠田正浩、原作　石原慎太郎)東京映画　一九七三年。

『青木ケ原』(制作総指揮　石原慎太郎、監督　新城卓、原作　石原慎太郎、脚本　水口マイク・新城卓)新城卓事務所　二〇一三年。

その他の著者

板垣英憲マスコミ事務所『自民党教書・総選挙編』データハウス　一九九四年。

江藤　淳『石原慎太郎論』作品社　二〇〇四年。

北方謙三「解説——伝説ののちに」(『石原愼太郎の文学1』(文藝春秋　二〇〇七年)所収)。

佐野眞一『てっぺん野郎——本人も知らなかった石原慎太郎』講談社　二〇〇三年。

田中良紹『憲法調査会証言集　国のゆくえ』現代書館　二〇〇四年。

勅使河原純『絵描きの石原慎太郎』フィルムアート社　二〇〇五年。

百田尚樹『海賊とよばれた男』講談社　二〇一二年。

福沢諭吉『明治十年丁丑公論　瘠我慢の説』講談社学術文庫　一九八五年。

福沢諭吉『福沢諭吉著作集　第9巻　丁丑公論　瘠我慢の説』慶應義塾大学出版会　二〇〇二年。

見田宗介『まなざしの地獄——尽きなく生きることの社会学』河出書房新社　二〇〇八年。

森　元孝『石原慎太郎の社会現象学——亀裂の弁証法』東信堂　二〇一五年。

ジェイムズ、ウィリアム『宗教的経験の諸相』岩波書店　一九六九年。

リースマン、デイヴィッド『孤独な群衆』みすず書房　一九六四年。

フッサール、エドムント『デカルト的省察』岩波文庫　二〇〇一年。
『ユリイカ　特集・石原慎太郎』青土社　二〇一六年五月号。

調査データ

「東京都知事選挙、ならびに日本の政治に関するイメージ調査」(インターネットリサーチ)
二〇一一年一月二八日(金)～一月三〇日(日)実施。対象者　東京都内居住八三二人。

表1　記事にある石原慎太郎東京都知事の述べたとされる意見について

		大いに理解できる	ある程度、理解できる	あまり理解できない	大いに問題がある	どちらとも言えない	合計
男	20-29才	41.2%	38.2%	7.4%	4.4%	8.8%	100.0%
	30-39才	32.4%	51.5%	7.4%	2.9%	5.9%	100.0%
	40-49才	44.3%	34.3%	7.1%	8.6%	5.7%	100.0%
	50-59才	34.3%	47.1%	5.7%	11.4%	1.4%	100.0%
	60-69才	32.9%	50.0%	10.0%	5.7%	1.4%	100.0%
	70-79才	45.7%	44.3%	4.3%	5.7%	0.0%	100.0%
女	20-29才	26.5%	47.1%	10.3%	1.5%	14.7%	100.0%
	30-39才	29.4%	45.6%	8.8%	5.9%	10.3%	100.0%
	40-49才	37.1%	45.7%	7.1%	4.3%	5.7%	100.0%
	50-59才	25.7%	62.9%	4.3%	4.3%	2.9%	100.0%
	60-69才	34.3%	48.6%	11.4%	2.9%	2.9%	100.0%
	70-79才	40.0%	37.1%	7.1%	8.6%	7.1%	100.0%
	全体	35.3%	46.0%	7.6%	5.5%	5.5%	100.0%

表2　尖閣諸島は、日本の固有の領土であるという考えについて

		大いに理解できる	ある程度、理解できる	あまり理解できない	大いに問題がある	どちらとも言えない	合計
男	20–29才	58.8%	19.1%	2.9%	7.4%	11.8%	100.0%
	30–39才	57.4%	22.1%	8.8%	1.5%	10.3%	100.0%
	40–49才	62.9%	21.4%	1.4%	2.9%	11.4%	100.0%
	50–59才	57.1%	34.3%	7.1%	0.0%	1.4%	100.0%
	60–69才	60.0%	34.3%	2.9%	2.9%	0.0%	100.0%
	70–79才	80.0%	15.7%	4.3%	0.0%	0.0%	100.0%
女	20–29才	35.3%	22.1%	4.4%	4.4%	33.8%	100.0%
	30–39才	41.2%	27.9%	5.9%	2.9%	22.1%	100.0%
	40–49才	42.9%	38.6%	2.9%	2.9%	12.9%	100.0%
	50–59才	40.0%	35.7%	8.6%	5.7%	10.0%	100.0%
	60–69才	44.3%	41.4%	2.9%	4.3%	7.1%	100.0%
	70–79才	61.4%	27.1%	1.4%	1.4%	8.6%	100.0%
	全体	53.5%	28.4%	4.4%	3.0%	10.7%	100.0%

著者紹介

森　元孝（もり　もとたか）　博士（文学）
1955年　大阪生まれ
1979年　早稲田大学教育学部社会科学専修卒業
1985年　早稲田大学文学研究科社会学専攻博士課程終了。
早稲田大学第一文学部助手、文学部専任講師、助教授を経て
1995年　早稲田大学第一、第二文学部教授
2007年　早稲田大学文化構想学部社会構築論系教授

著書

1995年　『アルフレート・シュッツのウィーン　―社会科学の自由主義的転換の構想とその時代』新評論.
『モダンを問う　―社会学の批判的系譜と手法』弘文堂.
1996年　『逗子の市民運動　―池子米軍住宅建設反対運動と民主主義の研究』御茶の水書房.
2000年　『アルフレッド・シュッツ　―主観的時間と社会的空間』東信堂.
2006年　『フリードリヒ・フォン・ハイエクのウィーン　―ネオ・リベラリズムとその時代』新評論.
2007年　『貨幣の社会学　―経済社会学への招待』東信堂
2014年　『理論社会学　―社会構築のための媒体と論理』東信堂
2015年　『石原慎太郎の社会現象学　―亀裂の弁証法』東信堂

石原慎太郎とは？ 戦士か、文士か―創られたイメージを超えて―

2016年7月30日　初版 第1刷発行　〔検印省略〕
定価はカバーに表示してあります。

著者©森　元孝／発行者 下田勝司　印刷・製本／中央精版印刷

東京都文京区向丘1-20-6　郵便振替00110-6-37828
〒113-0023　TEL (03) 3818-5521　FAX (03) 3818-5514
発行所 株式会社 東信堂

Published by TOSHINDO PUBLISHING CO., LTD.
1-20-6, Mukougaoka, Bunkyo-ku, Tokyo, 113-0023, Japan
E-mail : tk203444@fsinet.or.jp　http://www.toshindo-pub.com

ISBN978-4-7989-1369-8　C3036

東信堂

- 涙と眼の文化史——中世ヨーロッパの標章と恋愛思想　徳井淑子　三六〇〇円
- 社会表象としての服飾——近代フランスにおける異性装の研究　新實五穂　三六〇〇円
- ネットワーク美学の誕生——「下からの綜合」の世界へ向けて　川野洋　三六〇〇円
- 芸術体験の転移効果——最新の科学が明らかにした人間形成の真実　C・リッテルマイヤー著　遠藤孝夫訳　二〇〇〇円
- ハーバード・プロジェクト・ゼロの芸術認知理論とその実践——内なる知性とクリエティビティを育むハワード・ガードナーの教育戦略　池内慈朗　六五〇〇円
- 協同と表現のワークショップ〔第2版〕——学びのための環境のデザイン　編集代表　茂木一司　二四〇〇円
- 演劇教育の理論と実践の研究——自由ヴァルドルフ学校の演劇教育　広瀬綾子　三八〇〇円
- ミュージアムと負の記憶——戦争・公害・疾病・災害：人類の負の記憶をどう展示するか　竹沢尚一郎編著　二八〇〇円
- サンタクロースの島——地中海岸ビザンティン遺跡発掘記　浅野和生　二三八一円
- アメリカ映画における子どものイメージ——社会文化的分析　K・M・ジャクソン著　牛渡淳訳　二六〇〇円
- 福永武彦論——「純粋記憶」の生成とボードレール　西岡亜紀　三二〇〇円
- 『ユリシーズ』の詩学　金井嘉彦　三二〇〇円
- 心身の合一——ベルクソン哲学からキリスト教へ　中村弓子　三二〇〇円
- 石原慎太郎の社会現象学——亀裂の弁証法　森元孝　四八〇〇円
- 石原慎太郎とは？——戦士か、文士か—創られたイメージを超えて　森元孝　一六〇〇円
- 三島由紀夫の沈黙——その死と江藤淳・石原慎太郎　伊藤勝彦　二五〇〇円
- 芸術は何を超えていくのか？　沼野充義編　一八〇〇円
- 芸術の生まれる場　木下直之編　二〇〇〇円
- 文学・芸術は何のためにあるのか？　吉岡洋・岡田暁生編　二〇〇〇円
- 日本の社会参加仏教——法音寺と立正佼成会の社会活動と社会倫理　ランジャナ・ムコパディヤーヤ　四七六二円
- 現代タイにおける仏教運動——タンマガーイ式瞑想とタイ社会の変容　矢野秀武　五六〇〇円
- サンヴァラ系密教の諸相——行者・聖地・身体・時間・死生　杉木恒彦　五八〇〇円

〒113-0023　東京都文京区向丘 1-20-6　TEL 03-3818-5521　FAX03-3818-5514　振替 00110-6-37828
Email tk203444@fsinet.or.jp　URL:http://www.toshindo-pub.com/

※定価：表示価格（本体）＋税

東信堂

感情と意味世界	松永澄夫	二八〇〇円
経験のエレメント——体の感覚と物象の知覚・質と空間規定	松永澄夫	四六〇〇円
価値・意味・秩序——もう一つの哲学概論：哲学が考えるべきこと	松永澄夫	三九〇〇円
哲学史を読むⅠ・Ⅱ	松永澄夫	各三八〇〇円
概念と個別性——スピノザ哲学研究	朝倉友海	四六四〇円
〈現われ〉とその秩序——メーヌ・ド・ビラン研究	村松正隆	三八〇〇円
省みることの哲学——ジャン・ナベール研究	越門勝彦	三二〇〇円
ミシェル・フーコー——批判的実証主義と主体性の哲学	手塚博	三二〇〇円
メルロ＝ポンティとレヴィナス——他者への覚醒	屋良朝彦	三八〇〇円
堕天使の倫理——スピノザとサド	佐藤拓司	二八〇〇円
画像と知覚の哲学——現象学と分析哲学からの接近	小熊正久・清塚邦彦 編著	二九〇〇円

〈哲学への誘い——新しい形を求めて　全5巻〉

哲学の立ち位置	松永澄夫・鈴木泉 編	三二〇〇円
哲学の振る舞い	松永澄夫・村瀬鋼 編	三二〇〇円
社会の中の哲学	松永澄夫・高橋克也 編	三二〇〇円
世界経験の枠組み	松永澄夫・伊佐敷隆弘 編	三二〇〇円
自己	松永澄夫・浅田淳一 編	三二〇〇円

食を料理する——哲学的考察	松永澄夫	二〇〇〇円
言葉の力（音の経験・言葉の力第Ⅰ部）	松永澄夫	二五〇〇円
音の経験（音の経験・言葉の力第Ⅱ部）——言葉はどのようにして可能となるのか	松永澄夫	二八〇〇円
言葉は社会を動かすか	松永澄夫 編	二三〇〇円
言葉の働く場所	松永澄夫 編	二三〇〇円
言葉の歓び・哀しみ	松永澄夫 編	二三〇〇円
環境　安全という価値は…	松永澄夫 編	二〇〇〇円
環境　設計の思想	松永澄夫 編	二三〇〇円
環境　文化と政策	松永澄夫 編	二三〇〇円

〒113-0023　東京都文京区向丘 1-20-6　TEL 03-3818-5521　FAX03-3818-5514　振替 00110-6-37828
Email tk203444@fsinet.or.jp　URL:http://www.toshindo-pub.com/

※定価：表示価格（本体）＋税